シベリアで育って
日本で12年暮らす
私が見つけた

人生を
幸せで満たす
36のこと

36 Things That Filled My Life with Happiness,
Growing Up in Siberia
and Living in Japan for 12 Years

ティナ Tina

KADOKAWA

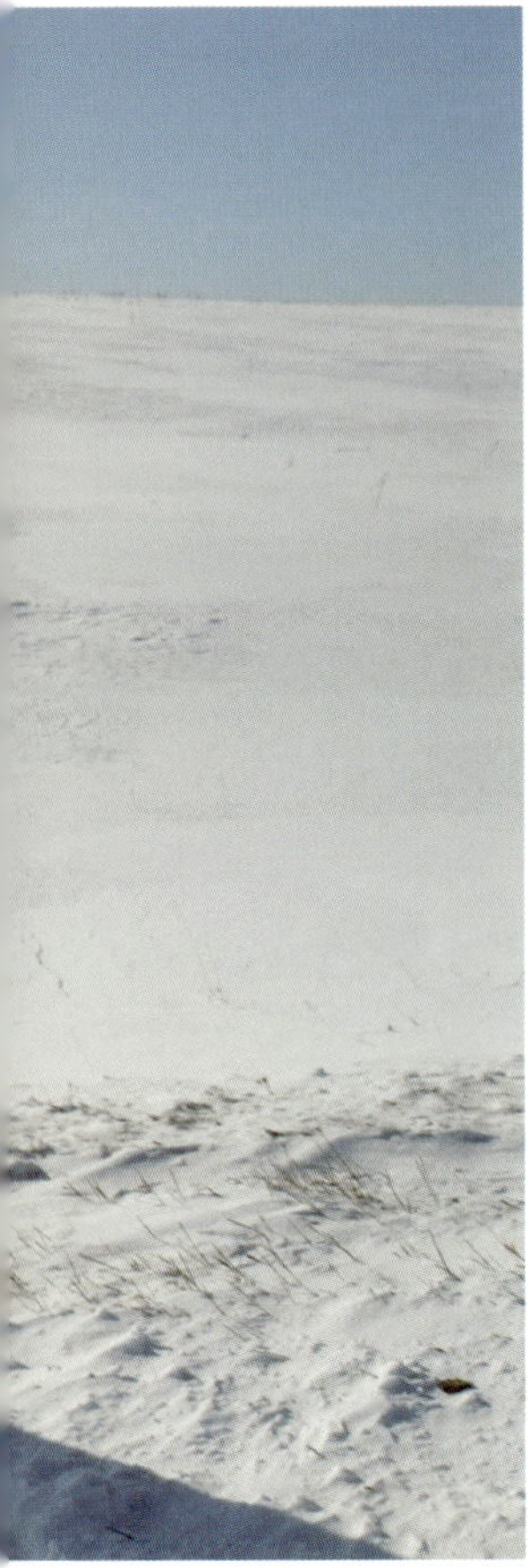

こんにちは。
ロシアのシベリア出身、日本在住のティナです。

日本の大学に留学するまで、私はシベリアにいました。みなさんのご想像のとおり、シベリアは冬がとても長く、とても寒いです。この写真は実家近くの畑なのですが、冬の間は一面真っ白です。

この本では、
幼少期から今日までの私の人生で起きた出来事や
考えてきたことを振り返りながら、
人生を幸せで満たすためのヒントを
みなさんにお伝えできればと思っています。

両親、姉、私、弟の5人家族です。父は言葉や愛情表現は少ないですが、優しい人。弟とは昔も今も仲よしで、姉とは昔はいろいろありましたが、今はだいぶいい関係です。小さいころの私は髪の毛が薄く、母がいつも大きなリボンをつけてくれていました。母にはいつもたくさんの愛とサポートをもらっていて、家族の中でも特に大切な存在です。

日本で暮らすようになって早12年。
紆余曲折の末に日本に来て、
いろんな経験をして、
大切な人と出会い、
気づけばYouTuberをしていました。

現在のチャンネルでは主に、海外の人たちの日本観光をナビゲートしたり、観光地で外国人観光客の方々に街頭インタビューをしたりしています。大きな写真は、渋谷で初めての街頭インタビューをしたとき。表情が硬いでしょうか（笑）？　左下の写真は、登録者数20万人突破したときに、知人がお祝いしてくれた様子です。

このたび「幸せ」というテーマで本を書くことを決め、
幸せについてあらためて考えてみたのですが、
毎日を幸せに過ごすために私が大切にしていることは
突き詰めればとてもシンプルでした。

その中でもいちばん大切なのは
「やりたいことは後回しにしない」ということ。
こう確信した大きなきっかけについては、
本の後半のほうで触れます。

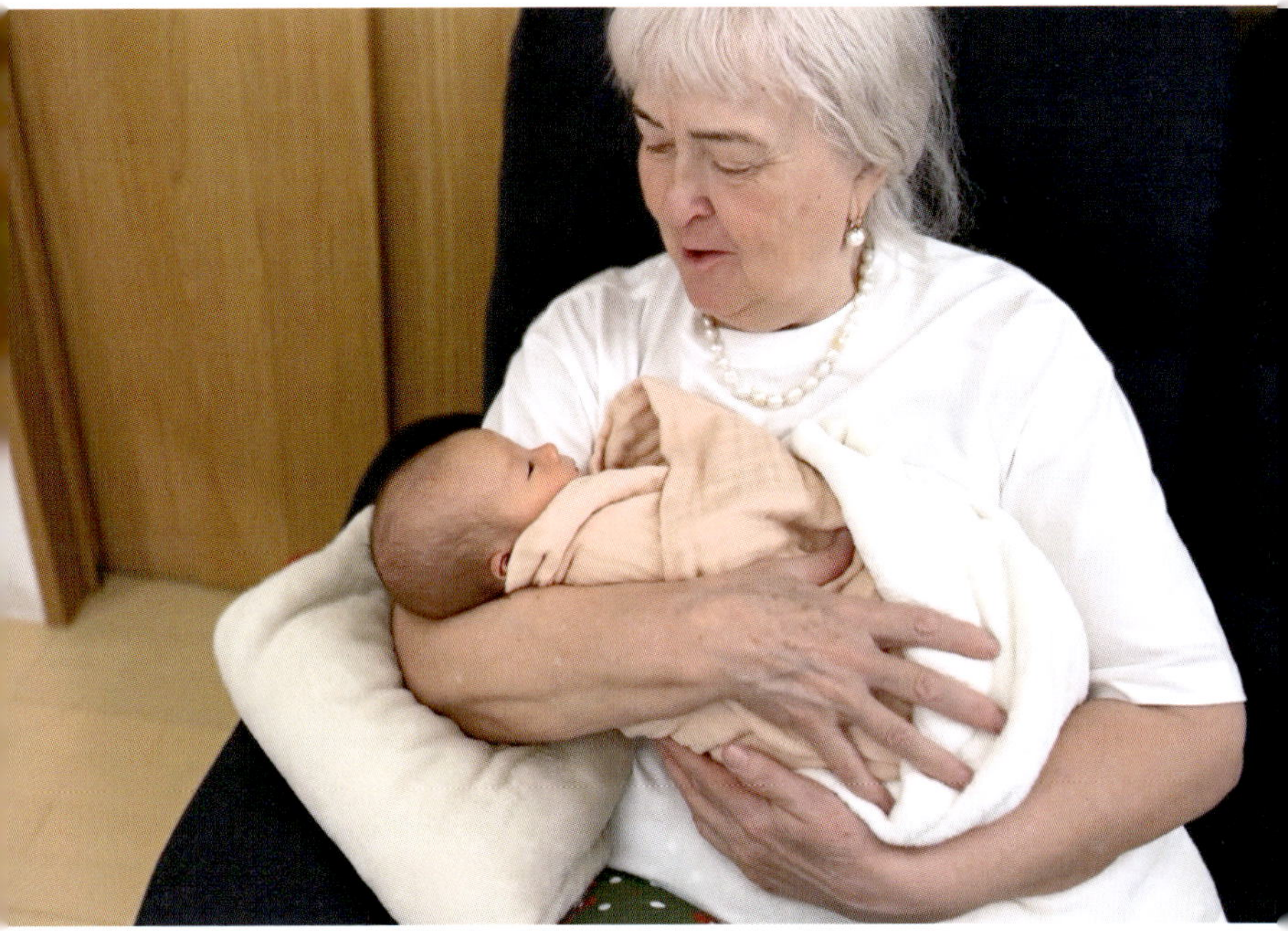

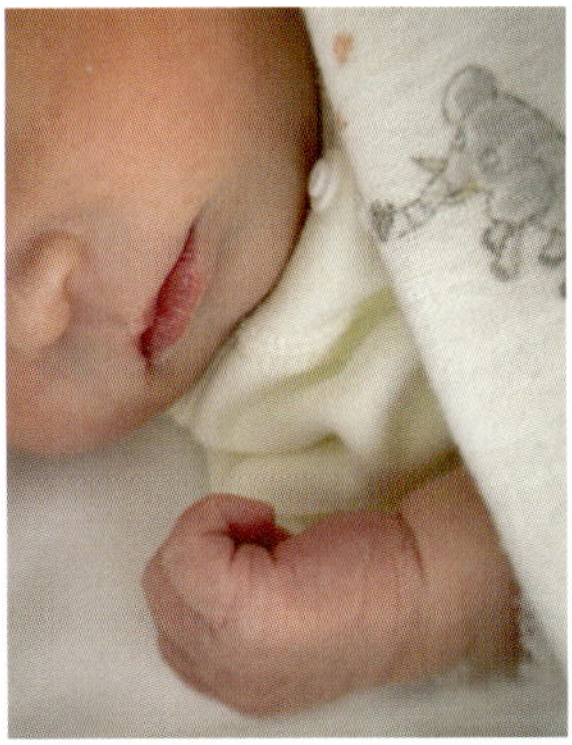

私の娘のメイちゃんと、メイちゃんに会いにシベリアから来てくれた母です。写真に写っていませんが、きっと父も近くにいます。今の私にとって、家族は何より大切な存在で、私の幸せの源です。でも、初めからそうわかっていたわけではありません。本当に大切なものに気づくまでには、それなりに時間がかかりました。

本1冊分の言葉を尽くして、
これから幸せについてお話しします。

この本をきっかけに、

「幸せってなんだろう」

「どうしたら人生を幸せで満たせるんだろう」

という問いへの
あなただけの答えを探してみてもらえるとうれしいです。

はじめに

ロシアのシベリア出身、日本在住のティナです。

シベリアのアンガルスクという街に住んでいた子どものころ、『NARUTO』というアニメをきっかけに、日本文化に興味を持つようになりました。そのとき、大きくなったら日本に行こう、日本で暮らそうと決めました。

ひらがなを書いて覚えるところから学びをスタートし、高校生のとき、念願叶《かな》って、短期の語学留学で日本の土を踏みます。その後、日本の大学に進学し、そのまま日本の企業に新卒入社。何度かの転職を繰り返し、運命の彼と出会い、勢いで始めたYouTubeもありがたいことに多くの方にご好評をいただけるように。気づけば日本に暮らすようになって、12年が経っていました。

彼は夫になって、おかげさまで新しい家族にも恵まれました。
2023年には、ついに日本の永住権も取得できました。

ハッピーを配信させていただいている

みなさんの中には、YouTube『カチョックTV・ティナちゃんねる』をご覧になっている方も多いでしょうか。いつも見てくださってありがとうございます。チャンネルでは主に、来日した外国人の友人に、日本のさまざまな場所、文化、魅力を紹介し、体験してもらうコンテンツを発信しています。ときどき私の家族が出てきたり、近況をご報告したりする回もあります。

どんな動画を作るときも、視聴者のみなさんが自然に笑顔になったり、リラックスしたり、ハッピーになれたりするようなコンテンツ作りを心がけています。

おかげさまで動画の中だけでなく、日常のほうでも、私は幸せと笑顔に囲まれています。そんな状況を支えてくれている家族をはじめ周囲の人たち、動画の視聴者さん、動画に出演してくれた方たちには感謝でいっぱいです。

人は苦しいときほど「幸せって？」を考える

さて、今の私はとても幸せに暮らしています。

もちろん、自分は幸せだと感じられない日だってあります。これまでの人生でも、幸せな時期、そうとは言えない時期、いろんなときがありました。

たいていの人がそうだと思うのですが、苦しい時期には特に「なんでこんなに苦しいんだろう」「幸せってなんだろう」などと、幸せについてあれこれ考えるのではないでしょうか。

突然ですが、あなたにとっての幸せとはなんでしょうか？　幸せという言葉を、私たちは日常的に耳にします。しかし、その本当の意味はなかなか掴《つか》みにくいものではないかと思います。

私自身も、「幸せってなんだろう」という問いへの答えに辿《たど》り着くまでには、相当の紆余曲折がありました。長い時間をかけてきて、私は今ようやく「自分は幸せだ」と胸を張って言えるようになったし、「幸せってこういうものだと思う」という部分についてもだいぶ考えがまとまってきたところです。

自分なりの幸せの定義を見つけられると、自分が幸せを感じるためのコツがだんだんわかってくるし、自分は幸せだな〜と実感しやすくなる気がします。「幸せってなんだろう」を考えるのは、本当に幸せな人生を叶えるために通らなければならない、関所のようなものかもしれません。

たった30年ほどの人生ですが、振り返れば、幸せな人生を送りたくて日々努力をしているのに、逆に幸せから遠ざかってしまう時期もありました。心身が悲鳴を上げたり、「私はなんのために生きているんだろう？」と苦しくてたまらなくなったりもしました。

たくさんの壁にぶつかってきましたが、私はそのおかげで「幸せってなんだろう」を考え続けることができたし、自分にとっての本当の幸せは何かを追求してこられました。

壁にぶつかった多くの経験は、「ハッピーなコンテンツを作る」という活動の土台になったともいえるかもしれません。

「幸せ」と「成功」を結びつけていた過去

幸せの定義は人それぞれなので、共感してくださる方もそうでない方もいるかもしれませんが、ご参考までに、「幸せ」について私が長年つまずいていた点について、少しお話しさせてください。

昔の私は「幸せ」と「成功」は結びついているものだと考えていて、なんなら同じ意味だとさえ感じていたかもしれません。

私の母は、何事に対しても「無理」と言うことが大嫌いで、私は幼いころから「可能性は無限なのだから、大きな夢を持つように」と母から言い聞かせられてきました。そうした背景もあってか、以前の私は、高い目標を掲げること、それを達成することこそが、人生に幸せをもたらすものだと信じて疑いませんでした。

ところが、高い目標を掲げて、達成して、また目標を掲げて、達成して……という生き方を続けてきた私は、あるとき「あれ？」と疑問を持ちました。

高い目標を達成するまでのプロセスでは、大きなプレッシャーが伴います。予想外のトラブルに見舞われます。がんばってもがんばっても、達成するまではがんばることをやめられません。そうした場面での私は、幸せを感じるどころか、自分の欠けている部分ばかりに目が向き、不安や不満を慢性的に抱えていました。

もちろん、成功を収めるまでのプロセスが、ずっと不幸一色というわけではありません。その中では、喜び、興奮、成長の実感……いろんな感情を体験できます。ただ、そこにメンタルの大きな浮き沈みがあったのは事実です。

世の中に多くある自己啓発の本では、「結果だけでなく、プロセスを楽しむべき」とよく書かれています。私もそうしようとしましたが、うまくいきませんでした。メンタルの乱高下と自己否定を繰り返すうち、私はついに、大切なことに気づきました。「成功したい」という思いが、むしろ私を本当の幸せから遠ざけているのではないかと。

このあたりのことは、第1章後半から第2章にかけて（日本を訪れてから、会社員を辞めたころまで）で詳しく触れています。以前の私のように成功願望の強い方、目標達成に追われているという方には、特に読んでみていただきたいです。ところで、念のため補足しますと、「無理」と言うことが大嫌いでいつも一生懸命な母のことを、私は尊敬していますし、昔も今も母のことが大好きです。

幸せについて考える旅には、大きな価値がある！

この本では、私の半生を振り返りながら、そこで気づいたことを共有させていただきます。

「幸せってなんだろう」「どうしたら、人生を幸せで満たせるんだろう」——その答えは万人に共通するものではありませんが、幸せについて思考する旅は、誰にとっても大きな価値があると思っています。

あなただけの答えを探す道中で、この本が少しでも参考になりましたらうれしいです。

ティナ

PART 2

MIND CHANGE

今のやり方、考え方への固執が幸せを遠ざける

PART 3

COMMUNICATION

本音で話せる人との出会いが多くの気づきをもたらした

PART 4

WORK PHILOSOPHY

PART 5

MY SWEET FAMILY

装丁	菊池 祐
イラスト	坂本 奈緒
カバー写真	小森 健登
本文デザイン・DTP	PETRICO
校正	東京出版サービスセンター
編集協力	土橋 彩梨紗
編集	伊藤 頌子（KADOKAWA）

Small Happines

PART

1

SMALL HAPPINESS

日常の中、
過去の記憶の中にある
ささやかな幸せ

当たり前にあったシベリアでの日常

私はシベリアのアンガルスクという町で生まれ、両親と姉、弟の5人家族の中で育ちました。父と母もシベリア出身ですが、結婚して私たちが生まれるまではもっと田舎で暮らしていました。2人とも自然の中での暮らしを愛していました。

私が育った地域は、シベリアのごく一般的な町です。周りの友だちの多くは、当時としては比較的便利で近代的なマンションに住んでおり、その子たちの親は会社勤めでした。でも、私たち家族が暮らしていたのは、どこか田舎の香りがする一戸建ての家でした。そして両親それぞれが自営業をしていました。

両親は、いつも田舎の知り合いから食材を直接仕入れていました。たとえば、肉やじゃがいも、小麦などを田舎の農家から購入し、それを街で売ることを仕事にしていました。これは家業の一環で、当時の私はそれがあまり好きではありませんでした。

両親はたとえわずかな休みがあったとしても、家で何かしらの作業をしていました。父は庭仕事をしたり、木を切って薪を作ったりしていました。母は、家事のみならず、家にある菜園で野菜や果物を育てたりして家の内外でも忙しく立ち働いていました。私は両親が作業着を着て、土にまみれて働く姿を見て育ちました。

私の家には、両親が丹精を込めて育てた野菜や果物がたくさんありました。しかし、子どものころの私は、それが恥ずかしかったんです。両親はいつも土にまみれた作業着姿でしたが、周りの友達の親はきれいな洋服を着て、オフィスで働いている人が多かったからです。

当時の私は親の手伝いをするときに、心の中で早く終わるよう祈っていました。

しかし、大人になった今、振り返ると、両親の働く姿勢や自然との密接なつながりが、どんなに貴重で素晴らしいものだったのかを痛感しています。

たとえば、子どものころ、ルーブルの貨幣価値が大幅に下落してインフレになり、一般家庭では何も買えなくなった時期でも、親のおかげでほとんど自給自足の生活だった我が家の冷蔵庫にはいつもたくさんの食材が詰まっていました。

当たり前のように思っていた大自然の恩恵にあずかる生活は、実は当たり前ではなかったと、大人になってからようやく気づくことになりました。

素晴らしいものって
ごく身近の当たり前の中に
あるのかもしれない。

短い夏と、父と、大きなリンゴ

シベリアの気候は厳しく、冬はマイナス45度に達します。外に出るときは分厚い帽子やマフラー、靴が必須アイテムです。着用しなければ眉毛やまつ毛、鼻の中まで凍り、足の感覚はなくなります。

一方、夏は6、7月の約2か月だけ。非常に短い夏が過ぎ、8月になると上着を着ないと肌寒いほど。果物などを育てるのは容易ではありません。それでも母は挑戦し続けて、自宅の畑でスイカやリンゴを育てたことがありました。ただし、収穫できる果実の数は少なく、どれも小さなサイズでした。そのぶん味が濃厚で、めちゃくちゃおいしかったことを覚えています。

中でも私の記憶に残っているのは、庭にあった「ラネトゥカ」というリンゴに似た2センチくらいの果実がなる木です。

毎年、この木に実がなるのを家族全員が楽しみにしていました。父は私たちによく冗談めかして、「いつか大きなリンゴが実るかもしれない」と言っていました。その言葉に私は胸を躍らせ、弟と一緒に庭に木を見に行くのが日課となりました。


ある日、父が「木に大きな実がついているように見える。気のせいかな。ちょっと見てきてくれ」と言いました。私と弟が興奮しながら庭へ出ると、なんとラネトゥカの木に本物の大きなリンゴがついているではありませんか！

その驚きと喜びは、今でも鮮明に覚えています。凍てつくような寒さのシベリアで、こんなに大きな果実が実るなんて信じられませんでした。私はまるで宝物を見つけたかのように高揚した気分になりました。

その大きなリンゴを収穫し、家族みんなで眺めながら食べました。その味は言葉にできないほど格別なものでした。

数年後、父が私たちを驚かせるためにラネトゥカの木にワイヤーでリンゴをくくりつけていたことを知りました。それでも、あの日の幸せな気持ちに嘘偽りはありません。むしろ、父のユーモアと愛情を感じられる幸せな思い出として、私の心に深く刻まれています。

父は口数が多い人ではなく、言葉を使って直接的に愛情を表現してくれることは少なかったです。でも、このリンゴの話に象徴されるように、父の優しさはその行動やユーモアを通じて、私に伝わっていました。

幼いころの私は、こうした何気ない日常の小さな幸せの尊さに気づいていませんでした。大人になった今、家族との幸せな思い出が私を支えてくれているし、人生におけるかけがえのない宝物になっています。

子どものころの
家族との何気ない日常の幸せが、
今の私を支えてくれている。

話すのがとにかく恥ずかしかった

私は子どものころ、とても恥ずかしがり屋でした。

人見知りで、自分から人に話しかけることがまったくできません。どのくらい話せなかったかというと、たとえば人から話しかけられても「はい」と「いいえ」を言うのがやっと。休み時間も、友だちみんなが遊んでいても、私は独りで席に座っていることがほとんどです。授業でも、手を上げて発言することは皆無。

そんな状況が、かなり長く続いていたように記憶しています。

当時の私は計算がわりと速く、算数が得意でした。授業中、先生が問題を出すと、たいてい私は周りの友だちよりも早く答えを導き出せました。でも、発表はできません。

ときどき、先生の問題が難しくてクラスの誰も正解を発表できないことがあって、そんなときは隣の席の子に答えをこっそり教えたりしていました。するとその子が正解を発表し、先生から褒められていました。

私は自分では発表しないので、評価も成績も上がりません。自分でも「答えを言えばいいのに」とずっと思っていて、それなのに発言する勇気が出ない。思い切って発言しようとすると、「もしかしたら間違っているかもしれない」と不安が脳裏をよぎるんです。

もし答えを間違ってしまったところで、なんのデメリットもなかったでしょう。クラスメイトたちは頻繁に答えを間違えていましたが、誰もそれをからかったりはしていませんでした。そもそも誰かの発表が合っていようが、間違っていようが、そんなこと誰も覚えていなかったでしょう。

どうして私は、何かを発言することをあんなに恥ずかしがっていたのでしょうか。今は理由がわかっています。すべては私の考えすぎだったのだと。

14歳になると、授業では適度に挙手したり発表したりしていないと、自分の評価が下がることに気づきました。

自分の考えを話すのを恥ずかしがっていては、人生において非常に損をするのではないか……。そう思った私は、自分の意見を発表した場合の最悪のシナリオを考えてみました。間違った発言には、どんなリスクがあるでしょう。たとえば、みんなにバカだと思われるかもしれない？　そんなこと、大した問題ではありません。

たとえ発表した内容が間違っていても、そこまでのリスクはなさそうだと気づけた私は、少しずつ勇気を出せるようになり、恥ずかしがり屋を克服していきました。

間違いや失敗をした際の
最悪のシナリオを想定すると、
「意外と大したリスクはない」
と気づけて
少し勇気が湧いてくるかも。

バイカル湖での父との思い出

私が子どものころに楽しみにしていたのは、バイカル湖の近くに位置する父の生家に遊びに行くことでした。そこまでは車で何時間もかけて向かいます。最後の2時間くらいはずっと砂利道で、揺れて揺れて大変でした。

日本なら、田舎であっても電気や水道やガスといったライフラインはきちんと通っているし、道路もだいたい舗装されているし、買い物をするにしても必要最低限のものなら手に入るでしょう。

でもロシアの田舎はとんでもない田舎で、電気も水道も通っていないところがまだまだあります。私が幼いころ、父の地元も電気や水道がまだ通っていませんでした。だから、家族みんなで水を汲みに行くのが毎朝の日課でした。

けっして便利とはいえない環境でしたが、それでもバイカル湖で過ごすことはとても楽しかったです。

電気が通っていないので、夏の夜は毎晩焚き火をしました。焚き火を囲んで、夜空の星を見ながら、家族や父の友人たちと遅くまでいろいろな話をしました。


父の実家の近くには大学の合宿所があり、父は生物科学の先生と仲よしでした。

その先生がある夏、うちにドイツ人の留学生を連れてきてくれました。当時のシベリアの田舎では、外国人を見かけることは本当にゼロに等しかったです。外国人と会えるなどという機会は、本当に希少で、私は子どもながらに興奮しました。人見知りの恥ずかしがり屋だったため、留学生のお兄さんに自分から絡んでいくことはできませんでしたが、彼の話を耳ではしっかり聞いていました。

また、湖で父と一緒にボートに乗ることも、田舎の夏の大きな楽しみの1つでした。バイカル湖はとても大きい湖なので、地元では「海」と呼ばれます。

バイカル湖へは、ボートに乗って、「カナール」という人工河川を経由していきます。父は自分で海までボートを漕ぐのは大変だから、私や弟によく「海まで漕いだら50ルーブル」と言っていました。

家族5人が乗ったボートを、私と弟は海まで必死に漕ぎました。ボートを漕ぐこと自体はゲーム感覚で楽しかったですが、子どもにとってはそれなりに重労働です。

必死に働いた後は、約束どおりお小遣いをもらいました。お金を受け取ったときの高揚感は今でもちゃんと覚えています。今思えば、父はそうやって、働いてお金を得ることの大切さを、幼い私や弟に教えてくれたのかもしれません。

とんでもない田舎での焚き火やボート。
子どものころの夏休みには
振り返れば
素敵な思い出がたくさん。

日本の文化は斬新でカワイイ

シベリアは、街はそれなりに栄えていても、田舎には何もありません。マクドナルドやスターバックスなど、世界中にあると思われているグローバルチェーンも、私が住んでいた地域にはありません。私がシベリアで暮らしていたころ、家からいちばん近いマクドナルドは飛行機で3時間ほどかかる場所にありました。当時の私がいたのはグローバルな世界からほど遠い地で、身近にはない国際的なものへの漠然とした憧れがありました。

14歳のとき、従兄弟《いとこ》に『NARUTO』というアニメを見せてもらいました。その世界観に私は一目ぼれをしました。ストーリーやキャラクターがよかったのはもちろんですが、アニメの中のちょっとしたシーンのいくつかも、強く印象に残りました。

たとえば、主人公のナルトが猿と一緒に温泉に浸《つ》かっているシーン。シベリアは非常に寒いので、地下からお湯が出てくるなんて、ちょっと想像できないというか、おとぎ話のように感じました。自然の中に温泉が湧いてきて、それを人が管理して、入浴できる状態に保たれているという文化は、とても斬新だと思ったんです。

ナルトたちが手にしている丼には、黄色くちぢれた麺とともに、私の見たことのない具材が浮かんでいます。

アニメをきっかけに、日本文化が俄然気になりだした私は、日本のドラマを見たり、漫画や本に触れたりするようになりました。

日本の作品では、キャラクターどうしの距離感やコミュニケーションの取り方がおもしろいというか、カワイイというか、ロシアとはまったく違います。

たとえば日本だと、男女が手をつないだり、頬にキスしたりするときにめちゃくちゃ照れ合いますよね。

ロシアでは恋人どうしでも友人どうしでも、手つなぎも、頬へのキスも、ハグも、ごく当たり前です。「人の手に触れるのは特別なこと」だなんて、日本に来るまで信じられませんでした（笑）。

アニメやドラマ、漫画や本などの作品に触れるだけでは飽き足らなくて、Google Earth で日本各地を見て回り、言葉や歴史の勉強もしました。

日本が好きな理由はたくさんありますが、古くから天皇家が脈々と続いているところ、歴史が長いところも素敵だなと思います。

たとえば、世界の古い歴史書の多くには、本当にあったかどうか確かめようのないことがたくさん書かれていたりします。日本の場合は、天皇家が続いていると思えば、大昔の出来事であっても、なんだかリアリティーを感じられます。

日本人は
人との距離の取り方が素敵。

夢を実現するための全力のアクション

16歳の夏休みの2か月間、語学留学で初めて日本を訪れました。留学する前、私はどうしても日本に行きたかったので、親に全力で留学したい思いをアピールしていました。

まず手始めに、自宅にあった誰も使っていないテーブルの脚を自分で短く切って、日本のちゃぶ台スタイルのローテーブルを作ってみました。自作のちゃぶ台を自分の部屋に置いて、ちゃぶ台に自分でひらがなを書いて、私はそこで日本語を毎日勉強しました。日本に関する本も、そこでたくさん読みました。

また、お茶を淹《い》れる急須や茶碗などの道具も、どこからか探してきて、日本のやり方でお茶を淹れたりもしました。

ベタですが、大人を説得する際に成績を使うのが効果的なのは、日本もロシアも同じです。

勉強を重ね、私の住んでいた地域で独自に行われていた日本語能力試験を受けてみたら、なんと一発で合格！　試験の結果を学校の先生に褒めてもらったことを親に伝え、「私は日本語をめちゃくちゃ勉強しています！」「私は本気です！」とアピールしました。

日本への興味を生活の中で示し、インパクトのある成績を残し、最後は、語学留学を仲介するロシアの会社をインターネットで探し、留学の費用や宿泊施設、必要な手続きなどに関する情報をしっかり調べて、両親を説得しました。

父も母も最初のうちは「ティナはアニメの見すぎじゃないか？」と心配しているようでした。でも、私の本気が伝わると、だんだん応援してくれるようになりました。全力のアピールは、ちゃんと伝わるのだなと実感できたプロセスでした。

ついに留学の夢が叶ったんです。


ところが、そんな矢先に起こったのが東日本大震災でした。ロシアでも津波の甚大な被害がニュース番組などで大きく取り上げられ、それを見た両親は「危ないから絶対にダメ」の一点張りになってしまいました。

もうダメか……と肩を落としかけていた私を助けてくれたのは、実家の近所の大学に通っていた日本語専攻の学生さんでした。日本の大学に留学経験のあった彼は、日本にいる友人たちに東京の学校の様子を細かに聞いてくれ、テレビやネットを見るだけではわからなかったリアルな情報を共有してくれました。

その内容は両親を説得するのに充分なものでした。近所の学生さんのおかげで、私は予定どおりに日本へ旅立つことができました。

誰かに本気の気持ちを伝えるには
伝わるまで
とにかく全力で行動するのみ。

別の惑星に来たかのような自由さ

日本へ渡航するとき、私は生まれて初めて飛行機に乗りました。口から心臓が飛び出してしまうかと思うくらいドキドキしました。そして、経由地のハバロフスクまで一緒に来てくれた母と涙ながらに別れ、ついに私は日本の成田空港に降り立ちました。

東京の御徒町《おかちまち》に到着し、さっそく日本語学校に通う毎日が始まりました。語学学校にはさまざまな国の人がいました。

学校帰りなどに御徒町の街を歩いていると「どこから来たの？」「日本はどう？」と多くの人が声をかけてくれました。初めてリアルに触れ合う日本の人たちは、みなさんフレンドリーでした！

御徒町から少し歩くと上野です。上野駅近くの雑貨屋さんでお客さんたちが「カワイイ!」「カワイイ!」と繰り返していたのも、当時の私にとって印象的だった光景です。「カワイイと言っているあなたたちがかわいい!」と思いました。

日本では多くの人が、気に入ったモノに対しても人に対しても「カワイイ」と言いまくっています。ロシアなら「好き」「かっこいい」「最高」などいろんな言葉を使います。おそらく「カワイイ」のようにいろんな意味が込められる表現がないんです(最近は、日本のアニメなどの影響で、ロシア語にも「カワイニー」という言葉ができました)。

まるで今までいたのとは別の惑星に来たのかというくらい、日本は別世界でした。特に、本当にいろんな意味で「日本は自由だな」と実感しました。

たとえば日本では、1人で好きな時間にレストランに行って食事ができるのは普通のことだと思います。でもロシアでは、レストランは食事と会話をする場所なので、誰かと一緒でないと入りづらいです。外出先ですごくお腹が空いても、1人でお店で食事をするのはなんだか変なので、せいぜいファストフードをテイクアウトするくらいしか手がありません。そのファストフードだって、日本ほどあちこちにお店があるわけではありません。

それから、女性がひとり旅をしていても違和感はありませんし、夜中に女性が外を歩いていても普通ですよね。ロシアでは夜になると、女性は男性に家まで送ってもらうのが常でした。

自由さを感じたのは、行動面だけではありません。いつでもどこでもお店がたくさんあって、お店にはたくさんの品物が並んでいて、びっくりするくらい簡単になんでも手に入るのも衝撃的でした。

地元では自由が制限されていたのだと、日本を訪れた私は思いがけず気がつきました。

1人でなんでもできて
どこへでも行けて
なんでも買える環境って、
めちゃくちゃ自由!

素敵な服装で外を歩く人たち

もう1つ、日本の自由さを実感したエピソードがあります。

日本では、ちょっと変わった服装や奇抜な恰好をしていても、それが問題になることってありませんよね。

派手な見た目の人が歩いていても、それを咎《とが》めたりする人はいないし、むしろ「いいね！」となりますよね。

だから、日本では年齢を問わず多くの人が、思い思いに好きなファッションを楽しんでいるように見えます。

ところがシベリアだと、ほんの少しでも目立つ格好をするのは危ないことなんです。

たとえば少しでも目立つ服装をして道を歩いていると、不良が絡んできて暴力を振るわれたり、財布を取り上げられたりすることがあります。「少しでも目立つ子は、なんだか気に入らない」などという理不尽な理由から、不良たちはそうした行動を取るんです。

実は私も高校生のとき、怖い思いをしました。当時の私はアニメが大好きだったので、アニメの登場人物をイメージした服装をしたり、カバンやアウターにバッヂをたくさん付けたりして外出することがありました。するとある日、不良たちが近づいてきて、「お前は誰だ」「生意気だ」と絡んできました。危険を察知した私は大慌てで百貨店に逃げ込み、どうにか難を逃れました。

日本ではどの街でも、老若男女、誰もがそれぞれにおしゃれを楽しんでおり、素敵な服装をしています。おしゃれを楽しめるのも、自由があってこそだなと思います。

好きな服を着て
安全に出歩けるって、
実は当たり前のことじゃない。

日本へ戻るまでの紆余曲折《うよきょくせつ》①

あっという間の2か月の語学留学を終え、私はシベリアに戻りました。「将来は日本の大学に入りたい」と強く思った私は、帰国後も地元の外国語スクールで、日本語のレッスンに一生懸命取り組みました。

ただ、実家の経済状況では、やはり日本の大学に入学するのは難しそうでした。

そうこうするうちにロシアの大学の試験の時期になり、私はサンクトペテルブルクの大学を受験することになりました。

大学に書類を送り、飛行機のチケットも手配を終えました。しかしフライトの1週間前に「ロシアの大学に行くのは、私の希望ではない」「やっぱりどこか外国に勉強に行きたい」と思い至り、私は急遽、飛行機も大学もすべてキャンセルしました。

そのころの私はすでに、自分は外国語を話すことや、外国の人と触れ合うことが大好きなのだと自覚していました。外国語と無縁の人生なんて考えられないと思いました。

そこで急浮上した選択肢は、韓国への語学留学でした。日本の場合と異なり、韓国の大使館は実家から行きやすい場所にあるため、留学の手続きが容易でした。また金銭的にも、韓国に行くのは日本に行くよりも、かなり安かったのです。

日本に留学したとき、その語学学校には韓国からの留学生もいましたが、韓国の友人たちはみんな、私と比べると格段に日本に馴染《なじ》んでいるようでした。だから、韓国にはどこか日本に似ている部分があるのではないかと思ったんです。

そうしていざ韓国の語学学校に通い始めたものの、残念ながら、日本で過ごしたときと違って、私はワクワクできませんでした。

ワクワクできなかった理由はいろいろあったかと思いますが、「韓国の人たちは、私たちロシア人とけっこう似ている気がするな」と感じたのは大きかったです。

たとえば、私が出会った韓国の人たちの中には、思っていることをなんでもはっきり言う性格の人が多くいました。また、気に入らないことがあれば、そのまま顔に出す人も多かったです。

そういった姿勢は、私たちロシア人と似ていて、日本にいたときほど「外国で過ごしている！」という高揚感が感じづらかったといいますか……。

日本の人たちは、ロシアの私たちとはまるで違う行動や考え方をしていて、そういう点が私にとっては魅力的でした。

私は「やっぱり日本に行きたい」と強く思いました。

自分とはまったく異なる
考え方の人と過ごしていると
気持ちが高揚するのを感じる。

日本へ戻るまでの紆余曲折②

韓国で過ごしたことで、日本の治安のよさもあらためて実感しました。韓国留学中、私はお金を盗まれました。場所は下宿先。家賃としてよけていた、大きな金額でした。日本ではそうした悪いことが全然なかったので、ますます日本への思いが募りました。

多くの人が知っていることですが、日本は本当に安全です。

たとえば、渋谷の１０９での買い物中に、洋服屋さんの試着室にスマホを置き忘れてしまったことがあります。買ったばかりの新しいスマホでした。お店を出て1時間ほど経って、スマホを忘れてきたのに気づいた私は、心臓がばくばくしてパニックになりました。

でも試着室に戻ると、スマホは1時間前に私が置いたままになっていて、うれしくて泣きそうになりました。ロシアでは、大事なものや高価なものを落としたら、それが手元に戻ってくるなど99％ありえないと思います。

日本の治安のよさといえば、電車に小さな子どもが独りで乗っている様子も、日本に初めて来たころの私にとっては衝撃でした。シベリアで、私が独りで公共交通機関に乗ったのは7歳のときで、その日はどうしても親が付き添えず、やむをえずのことでした。一緒にバスに乗っていた大人たちはみんな心配して「大丈夫？」「親はどこ？」「なぜ独りなの？」と聞いてきました。

話を戻しましょう。「どうしても日本に留学したい」と思った私は、再び両親の説得にかかりました。

しかし、この時点で私はすでに、受験すると決めていたロシアの大学の試験を蹴って、韓国の語学学校に通っているわけです。父も母も「一度決めたことはちゃんとやりなさい」「日本に行ったとしても、けっきょくまた途中で『他のことをやりたい』と言いだすのではないか」と言いました。たしかに、そう言われても仕方ない状況でした。また日本に行くには、韓国留学以上にお金がかかります。経済的な不安も大きかったでしょう。

でも私は、特に母には丁寧に思いを語りました。母は、私が幼いころからいつも「大きな夢を持ちなさい」と言っていました。それだけでなく、家族の夢を叶えるため、誰かを応援するためなら、自分を犠牲にしてでもがんばってくれる優しい人です（ときにがんばりすぎるほどがんばってしまう母を、私は心から尊敬しています）。

最終的に、母が「私はがんばって働く。お金はなんとかするからあなたもがんばりなさい」と背中を押してくれ、日本への道は拓《ひら》けました。紆余曲折を経て、結果的に、私の日本に対する思いもますます強くなりました。

夢を叶えるまでの道で
困難が重なれば重なるほど
自分の本気に気づける。

再来日して大学受験に挑戦

私は日本を再び訪れ、日本語学校に通いながら、大学受験をすることにしました。数ある日本の大学の中で、私の第一志望は早稲田大学でした。日本一留学生が多く、総理大臣や外交官も多く輩出している大学です。

最初は「田舎育ちの私などには高すぎる目標では？」とも思いました。が、当時一緒に住んでいたシェアメイトが偶然にも早稲田大学の学生で、彼の友人からも「受かる」と背中を押してもらえ、私は意を決して外国人枠の入学試験を受けました。

イギリス人の教授との面接では恐怖と緊張で手汗までかいてしまいましたが、合格発表日、貼り出された受験番号の一覧の中に、私の受験番号はちゃんとありました。夢みたいに幸せでした。そうして、私は早稲田大学に通い始めることになります。

念願叶った日本での大学生活でしたが、自分の生まれ育った環境や金銭感覚が同級生たちとあまりに違って、悩むこともありました。大学には裕福な家庭の子女が多く、たとえばみんながブランド物の財布の話をしていても、「財布なんて1000円程度のもので充分」という感覚の私には、まったくついていけません。さらに、ハーフや帰国子女が多い環境だったので、みんなのネイティブレベルの英語や日本語に圧倒されてしまいました。

いつも明るく「Hey! What's up?」と声をかけてくれる学生もいました。しかし、挨拶の意味は「やぁ！　調子はどう？」だとわかるものの、なんと答えればいいかわかりません。ロシアで同じように挨拶されれば、「いい調子だよ。あなたは？」と返し、少し立ち止まって近況を話します。しかし、彼はまるでひとり言のように

「What's up?」だけ言って、私が返事をする間もなく、風のように去っていきます。答えを返せず、笑顔でその場をしのぐしかできない私にとってはかなりのプレッシャー。声をかけてくれるのはいいんですが、彼とすれ違うのは緊張でした。

　悩み、緊張、コンプレックスだらけの大学生活でしたが、今思えば、いい刺激を受けることができたとも思います。


　そんな中、ありがたいことに友人もできました。メキシコで生まれて、その後はアメリカ、ヨーロッパ諸国、サウジアラビア、スリランカなど海外を転々としてきたという日本人の女の子です。私が「英語も日本語も自信がない」と正直に言ってみると、彼女は「私もどちらも自信がないよ～」と返してくれました。

　どこかスリランカなまりのある言葉で本当にゆっくり話してくれるので、彼女とは安心しておしゃべりできました。彼女の前では自分らしくいられ、おかげでなんとか大学に通い続けられました。

大変な毎日だったけれど、
自分らしく過ごせる友人が
1人いてくれて、
本当によかった。

大学生活を支えてくれた心のごちそう

順風満帆とは言えない学生生活でしたが、1つのささやかな楽しみがありました。
それは、大学の近くにある小さなお店のデカ盛り弁当です。年配のご夫婦が営む家庭的な雰囲気のお弁当屋さんで、留学生にも大人気でした。

デカ盛り弁当は、値段は安いのに、信じられないほどたっぷりのボリューム。ハンバーグ、エビフライ、アジフライなどいろんな種類があり、しかもボリュームがあるのはご飯とおかずだけではありません。デザートのフルーツもすごいんです。

おなじみのリンゴやバナナに加えて、メロン、イチゴ、パイナップルなどいつも5～6種類は入っていて、季節ごとにフルーツの組み合わせはいろいろ変わります。しかも小さいサイズに切られているのでなく、大きなかたまりのまま！　当然、お弁当箱のふたは閉まりません。ふたにはゴムがかけられていました。

スーパーでこれほどの量のフルーツを自分で買おうとすれば、たぶん1000円近くになると思います。でも、このお弁当はご飯やおかずも入っているのに700円くらいでした。

日本ではフルーツが高くて、シベリアならリンゴ1キロが買えるほどの値段で、ようやく1個というイメージです。学生時代の私にとってフルーツは高級品で、なかなか手が出せませんでした。

実家では、子どものころからいつもフルーツを食べていました。日本に来てからいちばん恋しかった食べ物は、フルーツだったなと思います。

お弁当を食べると、実家で母が用意してくれたフルーツの味が思い出され（これほどの種類のフルーツを一度に食べることはありませんでしたが……）、また家族との思い出の時間も蘇《よみがえ》り、懐かしい気持ちでいっぱいになりました。

心のこもったお弁当を大学内の庭園の芝生で食べるひとときは、がんばっている自分へのご褒美のようで、あのときの私にとっては心の拠りどころでした。おいしいお弁当を食べながらシベリアの家族の温かさを思い出す時間は、宝物のようでした。

思い返すと、このデカ盛り弁当は、単なる食事以上のものだった気がします。私が日常の中から「小さな幸せ」を見つける力を育むきっかけだったと言えるかもしれません。

たとえ困難な状況にあっても、日常生活の中にささやかな喜びや楽しみがあれば。人の温かさを感じたり思い出したりできれば。それだけで心が救われるし、困難にも負けない気がします。

日常の中にある
ささやかな宝物を見つけられれば
大きな困難も乗り越えられる。

Mind Change

PART

2

MIND CHANGE

今のやり方、
考え方への固執が
幸せを遠ざける

母が突然重い病で倒れた

大学3年生のときに母が突然自宅で倒れて、5時間くらい意識を失いました。誤診もあって、本当の病気がわかったのはしばらく経ってからでした。良性でしたが、脳に腫瘍ができていたので、難しい手術をすることになりました。脳の大手術をしたので、術後は話したり、物を持ったり、歩いたりするのも難しい状態でした。

私が幼いころの母は、シベリアのマイナス45度のしびれるような寒さの中で、男性たちに混じって何十キロもの農作物を運ぶなどの大変な肉体労働をしていました。また田舎から農作物を買ってきて、きれいに整えて街で売ったりもしていて、そんな過酷な仕事をしながら子育ても家事も全部して、1日2~3時間ほどしか眠らない生活を送っていました。

母には、自分を犠牲にして人のために尽くすところがありました。従業員にお金を盗まれても、「あの人も大変だから」と本人には何も言いませんでした。私たち家族だけでなく、誰に対してもとても優しい人なんです。

また母は、「無理」「できない」と言うのが大嫌いでした。「無理なことなんてない。可能性は無限大だから」と考えて、どんなことに対しても一生懸命がんばっていました。

母は肉体労働でお金を貯めて、その後、クレーン車の会社を経営し始めました。それ以降は体を酷使する仕事はしなくて済むようになり、ずいぶんと楽になったようでした。

金銭的にも時間にも余裕が生まれ、車を買ったり、その車を運転して田舎のきょうだいに会いに行ったりして、そんな幸せな時間を過ごしていた矢先の病気でした。

　私はそれまで父親には学費、母親には生活費を払ってもらっていました。でも母が倒れてからは、母には頼らず、生活費は自分で稼ぐことになりました。また学費のほうも、父頼みの状況を変えようと、奨学金を受けることにしました。


　それからの私は、授業、ゼミ、宿題、卒業論文などの勉強以外の時間は、とにかく働きました。ロシア語や英語を教え、翻訳、通訳、ツアーのガイドの仕事もしました。3年生の終わりのころからは、インターンシップ先の会社で働きました。

　そんな学生生活だったので、サークル活動や、友人との時間を楽しむ余裕はありませんでした。また金銭的に厳しいので、大学の4年間で友人と飲みに行ったのは数回程度です。クラスメイトにランチに誘われたりもしましたが、「お金がない」と言うことができず、何かと用事や理由を見つけて断っていました。

母が倒れる前から節約はしていましたが、母が倒れてからは、スーパーでそばを大量に買い込んで、毎日かけそばを食べるようになりました。

本当に経済的にギリギリでした。インターンシップで少し遠方の会社に行くことになった際、電車賃がどうしても出せなくて、友人に交通費を貸してもらった記憶もあります。

母に心配をかけないように、実家に連絡するたび「私は通訳や観光案内の仕事をしてたくさん稼いでいるからもう大丈夫。余裕で生活できているよ」と伝えていました。せっかく母ががんばって働いて留学の費用を払ってくれたのに、最終的に「卒業できなかった」なんて絶対に嫌でした。

あっという間に学生生活は過ぎました。卒業後はインターンシップ先で就職することが決まり、卒論も書き終え、ついに卒業。ようやく希望の光が見えてきたと、そのときの私は思っていました。

無理なことなんてない。
私たちはみんな、
無限大の可能性を持っている。

ドストエフスキーとの出会い

大学4年生のとき、イタリアに3か月間の交換留学に行きました。前述したようにお金の面では相当苦労していましたが、人生一度きりだし、留学の機会もこれを逃すと二度とないのではと思ったので、なんとかしてお金を工面しました。

当時は日本よりイタリアのほうが物価が安く、いざ行ってみたら生活は意外としやすかったです。また、イタリアでは、困っている人を見かけると迷わず手を伸ばしてくれる人に、たくさん出会えた気がします。だから今の私には、イタリアには優しい人がたくさんいるイメージがあります。

またイタリアではエスプレッソをたくさん飲みました。下宿先の家にあったコーヒーメーカーで自分で淹れたり、学校の休み時間にコーヒー屋さんに行って1・5ユーロのエスプレッソをさっと飲んだり。そうやってエスプレッソで気持ちをリフレッシュする文化が、私も大好きになりました。

イタリアではミラノやヴェネツィアなどに滞在しました。優しい人たち、美しい景色、私にとっては新鮮な食文化と触れて、脳の神経のコネクションが新たにつながったようだと言いますか、新しい自分が生まれたように感じました。

滞在中にはナポリにも足を延ばしました。そこで出会ったある人が、私がロシア人だったからか、ドストエフスキーの『地下室の手記』という小説をすすめてくれました。

ロシアでは一般的に、中学から高校の間に、授業でドストエフスキーを読みます。その年ごろの私にとって、ドストエフスキーの文章はわかりにくくて苦手でした。でもナポリのその人は、「短い小説だから絶対に読んだほうがいい」と言ってくれました。それで読んでみたら、「幸せ」に対する考え方がガラリと変わりました。

一般的な感覚では、便利で快適な生活を送ること、大切な人たちに囲まれて過ごすことは幸せだと捉《とら》えます。でもこの小説の主人公である「地下室に住む男」は、そうした幸せをいっさい求めません。仕事をしてお金を稼いで、結婚をして、子どもができる。そういう生き方をバカバカしいとすら思っています。

人には、常識的に考えれば幸せではないし、よくないことだとわかっていても、そのよくないことを選択する場面が少なからずあると思います。なぜなら、人は誰しも「自由意志」を持っているからです。地下室の男は、自由意志のもと、非合理的で自己破壊的な選択をし続けます。その結果、彼の人生は孤独で悲劇的なものになっていきます。でも彼は、苦しみや不幸を選ぶことも人間の自由であ

ると考えて、その自由を侵害されることを徹底的に拒絶しました。

それまでの私は、効率よく最大限の成果を出して、快適な生活を送ることが幸せだと考えていました。ですがこの小説と出会えたことで、「今の自分には自由意志が足りないかもしれない」と考えるようになりました。

地下室の男の考え方は極端です。ただ、よくよく考えてみると私自身の幸せも、一般的な幸せと、自由意志からの幸せと、その間にあるような気がしてきました。

私の自由意志が、心の底から欲しいものは何だろう。あらためて考えてみよう。自分が好奇心や情熱を傾けられるものに素直になってみよう。そうすることで、私はもっと本質的な幸せに近づけるのではないかと思いました。

常識から自由になって、
心の底からの欲望は何かを
考えてみると、
「幸せ」のイメージは
変わるかもしれない。

ビジネス敬語に苦しめられた

卒論を書き終え、試験もすべて合格し、「本当に卒業できるのだろうか」と不安だった日々を乗り越えて大学を卒業したあの日。私はそれまでの人生の中でいちばんの幸せを感じていました。「ここまでの困難が乗り越えられたのだから、これからもきっと大丈夫」と、自分を信じる力が湧き、そして、日本で社会人として新たな人生のスタートを切れる期待に、胸を膨らませていました。

私の就職先は、インターンシップでお世話になっていた半導体の会社でした。

日本の半導体の技術は、かつては世界一といわれていましたが、今は、日本の半導体産業はもうダメだ、というふうに考えている人が少なくないようです。でも実際に現場で、多くの社員さんたちが半導体を扱っているのを見てきた私の感覚から言えば、やっぱり日本の技術はすごいし、今後もまだまだやれると思っています。

だから、実際にその会社に入社させていただくことになり、私はとてもうれしかったです。「私も半導体のプロになりたい！」「日本の半導体の技術を、世界中に広めたい！」などと大きな夢を抱いていました。

ところが、いざ新生活が始まると、私が想像していたキラキラした未来とはまったく違う現実が待っていました。

インターンシップのときは、英語やロシア語の通訳や翻訳の仕事をさせてもらっていたのが、入社後は、海外の営業マンのサポートの仕事に配属されました。

そこでまずぶつかったのは、「ビジネス敬語」という分厚い壁でした。メールを一通書くにも、どんな言葉や表現が適切なのか、私にはさっぱりわかりません。最初のうちは毎回同僚に確認してもらっていました。

たとえば「〇〇させていただきます」という表現はメールにつきものですが、これは誰が主語なのか？　何をさせるのか？　何をいただくのか？　意味がどうしてもつかめません。

また、「ご査収のほどよろしくお願い申し上げます」や「ご高配賜りますようお願い申し上げます」といった定型句も、当時の私にとってはまるで暗号のようでした。

テンプレートを参考にしながら、少しずつメールの書き方を覚えていき、やがて何も見なくても、ある程度のビジネスメールなら書けるようになりました。でも、メールを書いている間はずっと「送信相手に失礼のないようにしなければならない」というプレッシャーが頭の中にありましたし、送信ボタンを押す瞬間はいつも緊張感でいっぱいでした。

ビジネス敬語の奥深さは、今思い返しても私にとって大きな試練でした。

また、日本独特の「空気を読む」文化にも戸惑いました。会議中には参加している全員が空気を読み合っていて、何を発言すればいいのか、黙っているべきなのか、空気に合った対処をしています。でも私は、空気を読もうとすればするほど、適切な対応がわからなくなります。だから、自分の意見を口にすることはなかなかできませんでした。

オフィスもいつも静かで、みんなパソコンに向かって黙々と仕事をしています。たまに何か聞こえてきても、それは専門用語にあふれた言葉で、たとえ日本語が私の母国語であったとしても、理解するのは容易ではなかった気がします。そんな空気なので、ちょっとした雑談をしようにも、どうにも気が引けてしまうんです。

その会社では70％以上の同僚がエンジニアで、大半が年上の男性でした。だいたいの人たちは親切で優しかったですが、同じ立場で話せる友人、「さっき大変なことがあった」「難しい問題があって、ちょっと困っている」みたいなことを気軽に打ち明けられる相手がそばにいなかったのは、今思うと寂しかったかもしれません。

私は他の多くの人たちのように工学系出身でもＩＴ系出身でもなかったため、なんだか場違いだという気持ちも日に日に募りました。

大学を卒業したときはあんなに自信にあふれていたのに、社会人になってからの私は、毎日自分の無力さを感じていました。仕事で結果を出せる気がせず、入社前に想像していたような「仕事ができるキラキラとした職業人」にはなれそうにありませんでした。

さらに、就職のために東京から横浜に引っ越したことで、数少ない大学時代の友人ともなかなか会えず……。人生の中でいちばん孤独を感じていた時期でした。

「ちょっと困っている」と
気軽に打ち明けられる人が
そばにいるかどうかって、
けっこう大事だと思う。

「石の上にも3年」なんて思い込み

「その仕事が自分にとって適職かどうかを判断するには、3つのポイントがある」と、どこかで聞いたことがあります。

1つ目はお給料、2つ目は環境（同僚との人間関係など）、3つ目は仕事の内容です。このうち2つ以上について満足できれば、その仕事は適職だし、続けていくことができるのだそうです。

自分が就いていた仕事について、当時の私は、残念ながら1つも納得していませんでした。お給料は少ないし、気楽に話せる同僚もいないし、やっていることも好きになれませんでした。

でも隣の席の少し年上の同僚は、いつも「石の上にも3年」と言っていました。同僚が言うには、「3年はその場でがんばらないと成

長できないし成果も出せない。転職活動をするにしても、3年未満で会社を辞めてしまっては印象が悪い」ということでした。

ところが、です。

入社して半年ほど経ったころ、久しぶりに大学時代の日本人の友人に会いました。すると友人が「転職したんだ」と言いだすんです。驚きながらも詳しく話を聞くと、新卒で入社した会社がブラック企業でめちゃくちゃキツかったため、すぐに転職活動を始めたとのこと。転職先はスムーズに決まり、今はお給料もかなり上がって、職場環境もとてもよくなったということでした。

彼女と話したことで、同僚に聞いていた「石の上にも3年」説は一気に崩壊しました。

「3年も待たなくていいんだ!」

そう思った私は、さっそく転職活動を始めました。サポートとはいえ海外営業に関わる仕事をしていたので、まずは手あたり次第にいろいろな会社の営業職に応募しました。

しかし、いろんな会社の求人を見たり、面接に行ったりして、私はあることに気づいてしまいました。「どの会社も、けっきょくは今の会社とほとんど変わらないのではないか?」と。

私はそもそも、営業職には向いていないのではないかと考えるようになりました。

転職活動を始めてから3か月ほどが経っていました。ある土曜日の朝のこと。私は自分の限界を感じる出来事に直面しました。電車に乗っていて、それまでに経験したことのないような腹痛に急に襲われ、駅のトイレに駆け込む羽目になったんです。

その日はすぐに帰宅して、一日中ベッドの上で過ごしました。ベッドから部屋の天井を眺めつつ、私はぼんやりとこんなことを考えていました。

「私はいったいなんのために生きているんだろう？」
「こんな人生、本当に意味があるのだろうか？」

どこからも内定はもらえず、仕事のストレスに転職活動のストレスが重なり、体調もメンタルも限界を迎えていたのかもしれません。体重はそれまでの人生で最大の62キロまで増えていました。朝の通勤時にはしょっちゅうめまいに襲われて、倒れそうになりながら歩いていました。

朝、通勤途中にあるスタバでカフェラテを買うのが、当時の私の唯一の楽しみでした。会社に向かう前に、ほんの一瞬ですが自分の好きなことをして、自分をどうにか支えていました。

このままではいけないと思いました。何かを変えなければ。私は「まずは会社を辞める。転職に成功する。そしてもっと幸せな生き方を叶える」と決意しました。

体調不良のおかげで
自分が限界を迎えていたと気づけたし、
「このままではいけない」
という思いも確信できた。

タイで出会った同郷のおじさんに感謝

社会人2年目の年末、私は安い往復航空券を見つけて、タイのプーケットに出かけました。正直なところ、1日も早く仕事を辞めるために、貯金もしたかったです。でもいつも同じ環境で過ごす毎日に限界を感じており、悩んだ末に旅に出ようと決めました。

結果的に、日本とはまったく異なる環境を訪れられたことは大正解でした。

タイは移民が多く、貧富の差も激しく、いろいろな国の人、いろいろな職業の人がいました。当たり前のことかもしれませんが、「会社員だけではなく、もっと別の生き方があるんだな」と私はふと気づきました。また、日本ではあらかじめ計画を立てて、きちんと行動する人が多いですが、タイではだいたいみんな適当です(笑)。こんなに適当でも生きていけるんだな～と私は感心しました。

社会人になってからの私は、毎日同じ職場に出かけて、同じスーパーで買い物をして、同じ時間に帰宅する生活を繰り返していました。それはごく普通のことだと思い込んでいましたし、1ミリも疑問に思っていませんでした。

それがタイに来られたおかげで、「会社に勤めるだけが人生ではない」「もし仕事がなくなって日本で生きていけなくなったら、タイに来てもいいかもな？」「いろいろな国の人が来ているんだから、私もなんとかなるんじゃない？」と思えたんです。

旅に出て、普段とは異なる環境に身を置くと、大らかな気持ちになれます。だから、いつもの自分と異なる価値観も柔軟に受け入れられ、それまでとはまったく違う考え方ができるようになります。凝り固まった思い込みを手放せると、自然と心も癒やされます。

現地で出会ったロシア人のおじさんも、私の心を軽くしてくれました。

日本の半導体の会社で働いていると話したら、おじさんは「すごいね！」「僕はロシアで貿易の会社を経営している。将来は日本と何かできたらいいなと思っているから、そのときは通訳とかいろいろよろしく！」と言ってくれたんです。

当時の私は、会社で全然活躍できていなくて、無力感でいっぱいでした。でも、おじさんは「将来はよろしくね」と言ってくれた。久しぶりに「私は、実はそんなに無力じゃないかもしれない」と思えた瞬間でした。

誰かがひとこと、自分の価値を認めてくれるだけで、状況の感じ方はガラリと変わってしまうようです。

旅に出ると、
凝り固まった思い込みが手放せるし
「人生なんとかなる」と
考えられるようにもなる。

採用面接でのまさかの結果

タイでの数日間のおかげで、「人生なんとかなる」「私にもできることがある」と思えるようになった私は、帰国後、転職活動に前向きに取り組めるようになりました。
そして、ロバート・ウォルターズというグローバル人材に特化したエージェントのサポートのおかげで、Google の契約社員の職を得ることができました。

正直なところ、Google なんて絶対に縁がないと思っていました。ただ、「どんなオフィスなのか見てみたい」「働いている人たちと話してみたい」という好奇心が止められず、それで面接のオファーを受けたんです。

会社見学に行くような気分で、ワクワク楽しい気持ちで面接を受けてみたら、なんと2週間後に採用決定の通知が届き、驚いてしまいました。

人生は計画どおり、予想どおりにはいかないものです。

なぜ採用が決まったのかを今あらためて思い返してみると、このときの私は、ただ純粋な興味と好奇心から会社を訪問していました。面接も「心から楽しんでこよう」というワクワクした気持ちだけで臨んでいました。

結果的に、期待も執着もまったくない姿勢が、Google とのまさかのご縁の決め手だった気がします。

採用面接に限らずどんな場面であっても、期待や執着が強すぎれば、緊張して実力が出せないこともありそうです。また、もし自分の期待とは違った結果となったときには落ち込むでしょう。

ではどうすれば期待しすぎずに済むかというと、心の底からの好奇心や、「楽しんでこよう！」という軽やかでワクワクした気持ちから取り組めばいいのではないでしょうか。

そうすれば、たとえ結果が伴わなくても、「興味深かった」「楽しめてよかった」「いい経験になった」と捉えられます。そういう体験なら、きっとその後の人生にも大きな影響をもたらすのではないかと思います。

まさか自分がGoogleで働くことになるなんて、シベリアの小さな街で世界を夢見ていた子どものころの私には、想像すらできないことでした。

子どものころの私に「ティナ、25歳になったらあなたはGoogleで働くよ」と言っても、にわかには信じなかったでしょう。

職場の環境は、それまでとはまったくの別世界でした。

心の底から楽しむ気持ちで
挑戦すれば、
その経験はきっと
その後の人生に大きな影響を
もたらしてくれる。

「適職の3要素」はクリアしても

転職して、お給料が一気に増えて、銀行口座の残高には毎月驚くばかりでした。それまでの私の人生は、常にギリギリの経済状況だったので、大好きな旅行にも、近所のカフェにも、「お金がもったいない」と考えないで自由に行けるようになったのは、私にとって大きな変化でした。このころは、毎月のお給料の半分を貯金しました。期限のある雇用契約だったので、その間は全力で貯金したかったんです。後述しますが、このときの貯金はその後とても役立ちました。

私が配属されたのは、インサイドセールス（電話やメールによる営業）の部署でした。前職で苦労したビジネスメールのライティングスキルはもちろん、それまでに得た知見が活きました。

ただ、1つだけ大きな難関がありました。それは、電話営業です。

私はめちゃくちゃ恥ずかしがり屋で、幼少期よりましになったとはいえ、知らない人と電話で話すのだけは今も苦手です。幼いころ、両親が田舎から仕入れた農作物を販売していた時期がありました。もし両親がいない間にお客さんから電話がかかってきたら、私が電話を取らなければいけません。「後でかけ直してください」「ご注文の内容を教えてください」などと顔も心も見えない相手に向かって伝えるのは、私にとってはものすごい不安とストレスでした。そうした昔の感覚が、電話がかかってくるたびに蘇るのです。

電話口で「クリスティナと申します」と名乗るたび、相手の反応が怖くて仕方なくなります。「外国人なのになぜ日本で働いているの？」といぶかしい声で聞かれたら、なんと答えればいいのだろう。そんな恐怖がいつも頭をよぎりました。

実際は、お客様はみんな親切で、意地悪な質問は一度もなかったです。あるときなど、私がロシア出身と知っているお客様が、「もしもし」の代わりにロシア語の挨拶をしてくれ、とてもうれしかったです。

そうして電話に対する恐怖は少しずつ和らぎましたが、それでも私の電話は、最後までどこかぎこちないままだった気がします。

新しい仕事に慣れるまでの数か月は、まるでハネムーン期間というか、何もかもが新鮮で楽しい日々でした。でも、仕事に慣れてしばらくすると、また「この仕事は本当にやりたいことではないな」と感じるようになって、再び、虚しさが顔を出し始めました。

「適職の3要素」と聞いていた、お給料と環境と仕事の内容。営業はやっぱり苦手でしたが、お給料と環境は大満足でした。特に素晴らしい同僚や友人がたくさんできたのはうれしかったです。それでも、私の自由意志には、どこか違和感があったようでした。

適職のはずなのに
なぜか虚しくなるのは、
一般的な幸せと
自由意志からの幸せは
異なるからだと思う。

Communication

PART 3

COMMUNICATION

本音で話せる人との出会いが多くの気づきをもたらした

運命の相手との出会い

シベリアのガスも水道も通っていない田舎出身の両親の元に生まれた娘が、英語と日本語を習得して、日本の大学を卒業し、世界的な企業で働いている……。正直なところ、「私は成功している」と自覚している部分はありました。

にもかかわらず、「この仕事は本当にやりたいことではない」「私は何のために生きているんだろう」という虚しさがなぜか消えない日々でした。

そんな中で、当時の私が夢中になっていたのは、体を鍛えることでした（YouTube チャンネル名につけた「カチョック」とは、ロシア語で「マッチョ」という意味です)。

ある日、ビーチでランニングを終えて休憩していると、私の人生を変えることになる運命の相手に出会いました。

数年後に夫となる、ヨウスケです。

その日は快晴で、波の音が心地よく、私は「今日もよいトレーニングだったな」と清々しい気分で海を見ていました。するとそこに、大学生らしき1人の青年が、ぎこちない笑顔と英語で話しかけてきたんです。

「Excuse me, Are you alone?」

突然のことに少し驚きましたが、自分でもよくわからないまま「Yes」と答えていました。

彼のぎこちないけれど一生懸命な様子を見ていると、自然と口から言葉が出ていて、しかも私も自然と笑顔になっていました。

それからヨウスケとはたびたび会うようになるのですが、最初は、純粋に「ヨウスケの英会話の練習を手伝う」という姿勢だけで接していました。

でも、彼の誠実で素朴な性格に引き込まれていくまでに、それほど長い時間はかかりませんでした。

彼と一緒にいると、不思議な安心感がありました。自分が相手にどう思われるかを気にしないで、どこまでもありのままの自分でいられる感覚。それまでにいろんな人と過ごしてきた中では一度もなかった、初めてのものでした。

ヨウスケと私は、生まれ育った環境も違い、ふだん使う言葉も違いました。それなのに知り合った瞬間からなぜか、お互いのことを昔から知っている幼馴染《おさななじみ》のような感覚がありました。

突然声をかけられて
思い切って返事をすると、
予期せぬ展開になるかも。

人と気楽に話せるありがたさ

ヨウスケと私は、少しずつ距離を縮めていきました。彼は私の家にバイクで週5回通ってきてくれて、一緒に過ごす時間が増えていきました。

ヨウスケが私の家に頻繁に来るようになり、私が感動したことの1つは彼の料理の腕前でした。初めて彼が作ってくれたのは、ロコモコ丼でした。美しく盛り付けられた料理を見たとき、私は「初めて料理を作ってくれた特別な日だから、こんなに丁寧に作ってくれたんだろうな」と思っていました。

でも、その後も彼は毎回、驚くほど美しくおいしい料理を作ってくれるんです。唐揚げや焼肉丼など、日本らしい家庭料理を丁寧に作って、それをテーブルにきれいに並べてくれるんですが、その様子は私にとって、まるでアートのようでした。

それまでの私の食生活は、かなり質素でした。かけそばだけで生きていた極貧の大学時代より多少はマシになったとはいえ、忙しい毎日の中、狭いキッチンできちんと自炊をする気力などなかなか湧きません。基本的には、冷蔵庫のありもので適当に済ませることがほとんどでした。

彼が料理を通して、毎日の生活を豊かにしてくれることは、本当に新鮮でしたし、心が温かくなる体験でした。

ヨウスケはまだ大学生でしたが、彼と気楽にいろんなことを話しているうちに、私は自分の新たな夢に気がつきました。自分の思いを発信する仕事、ソーシャルメディアを使った仕事ができないかなと思うようになったんです。

そのころ、私は瀬戸内海の直島を訪れました。日本には美しい景色が全国あちこちにありますが、それらのほとんどは、世界レベルではまだほとんど知られていません。日本の魅力的な風景を写真に収めて、Instagramで発信してはどうか。旅先ではインスピレーションが次々と湧いてきました。

風景だけではありません。日本では、たとえばマンホールにさえもきれいな装飾が施されており、街によって絵柄が違います。そういったディティールにこだわるのは、日本ならでは。ぜひ、世界に発信してみたいと思いました。

すぐに挑戦してみましたが、いざやってみると魅力的な写真を撮るのはけっこう難しく、フォロワーも増えません。「私にはSNSは向いていないのかも……」とあきらめかけましたが、そのときふと思いついたのがYouTubeでした。YouTubeなら、自分の声や表情で、より自由に表現できるのではないかと考えたんです。

心を許せる人と
気楽に話していると、
ふとした思いつきが湧いてくる。

国際カップルチャンネルの誕生

そうして私は、動画を撮る知識などほとんどなかったものの、勢いのままにYouTubeを始めました。

動画配信を始めたばかりのころの私は、ヨウスケとのデート中もいつもカメラを回していました。SNSの世界で成功したい。そのことで頭がいっぱいだった私は、ヨウスケの気持ちをまったく考えておらず、空気もまったく読んでおらず……。ただ自分がやりたいように振る舞っていました。

当然のことですが、ある日ついにヨウスケは「ティナと普通に話したいのに、なぜ僕じゃなくてカメラに向かって話しているの?」

と怒りだし、ケンカになりました。

2人で話し合った結果、YouTubeチャンネルを2人でやることが決まりました。話し合っていた中で「YouTubeを一緒にやってみない？」と私が提案したら、ヨウスケの目つきが明らかに変わりました。

私は、ヨウスケはYouTubeには絶対に興味がないと勝手に思っていたんですが、実は彼も興味があったんです。こうして私たちは「国際カップル」というテーマで動画を作るようになりました。

動画の編集、カメラの使い方、「どんなコンテンツを作るべきか」の方向性探し……。最初のうちはいろんな苦労がありましたが、お互いの得意分野を見つけ合い、お互いが続けやすいスタイルを探りながらやってきました。一時期、ヨウスケと私のどちらの企画がうまくいくかを競っていたこともありました。楽しい思い出です。

ヨウスケがチャンネルを盛り上げるためにがんばっている姿は、

私の支えになっています。私の行動も、彼の支えになっているといいなと思います。

配信開始からしばらくの間は、とにかく登録者数を増やすことに一生懸命でした。1か月で1000人に達したところまでは計画どおりで、そこから3000人くらいまではいい感じに伸び続けました。でも3000人を境に、登録者数は伸び悩むようになりました。YouTube は簡単なことではないなと思いました。

そんなとき、家の近所のお店で「いつも見てます！」と知らない人に声をかけていただきました。視聴者の方でした。また、撮影で静岡に行ったときに、私たちと同じ国際カップルからも声をかけられました。たった3000人しか登録者がいないのに、動画を見てくださっている人たちに立て続けに出会えたのは不思議なことでしたし、励みになる出来事でした。

私にとって
「支え合う」とは、
がんばる姿や行動する姿を
お互いに見せ合うこと。

丁寧な対話が、価値観を変えていく

ヨウスケとの出会いは、私の人生を大きく変えました。私にとって彼は大きな存在で、彼なしの生活は到底考えられません。

ヨウスケと過ごすようになってしばらく経ったころのことです。入社の際の契約よりも少し早くに、Googleで私が所属していた部署が突然解散となって、私は退職することになりました。幸いにも毎月きちんと貯金をしていたから、すぐに転職活動をと慌てふためく必要はありませんでした。というか、「自分は会社員には向いていないのではないか」と気づき始めていたのも、転職活動をしなかった理由かもしれません。

とはいえ私は外国人なので、仕事がなければいずれは就労ビザを失ってしまいます。そのうえコロナ禍も始まって、グローバル人材の需要は明らかに減っていました。

会社員には向いていないと思いつつも、仕事のない状況には不安もありました。毎晩、枕に顔を埋めると、「これからどうしよう?」と涙が流れてきます。

始めたばかりのInstagramもフォロワーが増えず、理想と現実とのギャップは、日に日に私を追い詰めていきました。

母はいつも私に「大きな夢を持ちなさい」「高い目標を立てなさい」と言っていました。その教えを守り続けた結果、私は心のどこかで「私には限界がない」「私にはなんでもできる」と思い込んでいました。でもそんな思いがあったばかりに、理想どおりに物事が進まないと、私はすぐに壁を感じ、追い詰められてしまいます。

当時の私の夢は、ＳＮＳを通じて「有名になること」でした。それを強く望んでいたと思います。そんな私に、ヨウスケは「なんで？有名になってどうするの？」と聞きましたが、私にはうまく説明ができませんでした。

私の大きな夢、高い目標には明確な意味も理由もなく、ただ「有名になるという高い目標を掲げた。それを達成すれば、私には素晴らしい人生が待っている」と考えていたんです。

ある日、私はヨウスケに「もしかしたら、アメリカの大学に行くべきかもしれない」「どこか別の場所に引っ越して、新しいスタートを切るべきなのかも」と泣きながら言っていました。アメリカの学校に入学するための具体的なプランなどなく、お金もなく、そんなことを言っても意味がないとも気づいていました。

それでも「高い目標を立て、そこに向かって走りだせばどうにかなるはず」と思っていたのかもしれません。

それに対して、彼は冷静に「じゃあ、アメリカの大学に行った後はどうするの？」と返し、私は「そのとき考える」としか答えられませんでした。

ヨウスケは非常に現実的なものの考え方をする人で、私がなんとなく口にすることに、必ず「なぜ？」と問いかけてくれます。

ヨウスケといろんなことを話しているうちに、私自身もだんだん、現実的なものの考え方に近づいていきました。

彼と出会うまでの私は、いつもとりあえず大きな夢を掲げて、それを達成するために全力で生きていました。でも現実は、「夢を掲げて達成するだけで、無条件に幸せになれる」などという、そんな単純なものではありませんでした。

また夢を達成しようにも、そのプロセスは計画していたとおりに進められるわけではありません。予想外の絶望も、予想外の奇跡も、何が起きるかわからないのが現実です。

「なぜそうしたいの？」
と聞かれても
理由が答えられないときは、
それは本当にやりたいことでは
ないのかもしれない。

私を救ってくれた2つの言葉

Instagramがうまくいかない中、「私はブスで才能がないからフォロワーが増えないのだ」と、おかしな方向から自分を責め続けていました。

当時の私の様子についてヨウスケに聞くと、「しっちゃかめっちゃかだった」と言われました。ビザの期限も迫り、このままでは日本にいられなくなるんじゃないかと、本当に不安だったんです。

ある日、私が絶望と混乱のあまりに変なことを言っていたら、彼は「大丈夫だよ。僕は君との関係を真剣に考えているから」「僕がそばにいるから」と言ってくれました。

いつもの彼は、どちらかというと行動で気持ちを示すタイプだと感じます。でも、言葉が必要なときには、大事なことを上手に言葉で伝えてくれます。このときの彼の言葉には心が揺さぶられましたし、私はとても安心できました。

誰かに頼れるということ、しかも頼れる人が身近にいるということが、こんなにも心強いとは思ってもみませんでした。

身近な人からの心強い言葉といえば、もう1つエピソードがあります。大学生のときにシベリアに一時帰省した際、普段は無口な父が「大丈夫だ。おまえならきっとうまくやっていけるよ」と言ってくれたときも、大きな安心が得られました。

父と私の関係は複雑でした。父があまりに無口なので「私や家族のことをちゃんと愛しているのかな?」とずっと思っていましたし、打ち解けた気分で接したような記憶もあまりありません。

けれどその日の父は、愛情表現っぽいことを言ってくれたり、「若いうちから、ちゃんと顔にクリームを塗れ」というアドバイスもくれたりして、私は面食らってしまいました。
父と話して、私は心が軽くなったし、自分を信じる力が自然と湧いてきました。あの日の会話を、一生忘れることはないでしょう。

言葉には、人の心を救う力があります。その言葉が、本心からのものならばなおさらです。大事なことを、本心からの言葉で伝えてもらえると、心が救われるうえに、相手からの愛情にいっそうの確信が持てます。

近しい人に対して、あらたまって本心を表現するのは、勇気が必要かもしれません。少し気恥ずかしいかもしれません。
でも、そうした温かな言葉は人の心を癒やせるし、前に進む力を与えることもできます。

身近な人が
窮地《きゅうち》に追い詰められていたら、
私も本心からの言葉で
励ましてあげたい。

人も自分も責めなくなる最強のコミュニケーション術

私の人間関係に、最も大きな影響を与えたのは「非暴力コミュニケーション」（Nonviolent Communication 以下、NVC）というコミュニケーション手法です。

1970年代に、アメリカの臨床心理学者であるマーシャル・ローゼンバーグ博士によって体系化されたもので、世界中に広まっています。この手法を私が学んだのは、大学での「コンフリクト・レゾリューション」（対立の解決法）という授業でした。

NVCは、誰かのことを「判断」して「責める」ことをやめる、大きなきっかけになりました。

ここで言う「誰か」の中には、他人だけでなく自分自身も含まれます。NVCのおかげで、家族や友人との人間関係がずいぶん楽になり、また自分を責めることもなくなりました。

授業では、まず思考と感情を区別すること、そして思考ではなく感情を伝えることについて学びました。

思考は判断を招き、その判断をもとに他人や自分を責め、対立のきっかけとなるからです。

みなさんは幼いころから、「理性的に考えなさい」「感情的になってはいけません」など、感情よりも思考のほうが大事だと教えられてこなかったでしょうか。その結果、自分の感情を抑え込んだり、思考と感情を混同してしまったりすることが、私たちにはしばしばあるようです。

例を挙げてみましょう。たとえば私がヨウスケに話しかけたとき、ヨウスケがスマホを見ていて、返事をしてくれなかったとします。そこで、私が「あなたは私を無視した！」「あなたには私に対する気遣いが足りない！」と言ったとすると、これは私の感情ではなく、私の勝手な思考と判断による発言です。こんな言い方をすれば、ヨウスケはきっと非難されているように感じますし、自分を守ろうとして「そんなことない！　大げさだよ！」と反論してくるかもしれません。このように、感情でなく思考を伝えると、相手との間に軋轢《あつれき》が生じたり、対立が起きたりするんです。

しかし、もし私が「私はあなたとの会話を大切にしたい。だから、返事がないのは寂しい」と感情を伝えたとしたら、状況はまったく変わってきます。ヨウスケは私の話を聞きやすくなります。誤解も責任転嫁もなく、お互いに共感し合って、建設的な話し合いができると思いませんか。

別の例もあります。私には「今日は何もできなかった。こんな自分はダメだ」と自分を責めてしまうことがときどきあるのですが、これも感情ではなく、思考と判断です。この場合、自分の感情にフォーカスするなら「がっかりした」「悲しかった」となります。
純粋な感情にフォーカスする際は、判断、解釈、評価はいっさい加えずに、事実のみを捉えるのがポイントです。

次に学んだステップは、自分の感情の根底にある本当の欲求、つまり「ニーズ」を理解するということです。相手が（あるいは私自身が）具体的にどのように行動すれば、ニーズは満たされるのか。相手に伝える場合は、強制ではなく協力を求める形でリクエストするのもポイントです。

先ほどのヨウスケと私の例に戻ると、「私はあなたとの会話を大切にしたい」の部分が、寂しい感情の根底にあるニーズです。「今日は何もできなかった。ダメな私だ」と思考、判断してしまったときも、「がっかりした」という感情を見つけられれば、その根底のニーズに気づけます。「今日はたくさんのことを終わらせて、1日の終わりには自由な時間を持ちたかった。でも思ったように動けず、自由な時間もなかったし、明日やることも増えてしまった。私は自分に対してがっかりしている。私は今、休息を必要としているようだ。それならば自分を責めるより、今夜はぐっすり眠って、また明日がんばればいい」。このように考えることができれば、自分を責める代わりに、自分のニーズを満たせるわけです。

ＮＶＣでは、「人と人との間で起きるあらゆる対立の根底には、満たされていないニーズがある」と考えます。

人間なら誰にでもニーズがあって当たり前で、ニーズ自体は悪いものではありません。他者のニーズも自分のニーズも大切にできれば、どんな対立でも解決します。でも、お互いに非難し合っていると、非難の中にニーズが埋もれてしまいます。

ニーズが満たされない状態が長く続くと、私たちはいつの間にか、ニーズを満たそうとしてくれない相手のことを「敵」と判断したり、「自己中心的」「冷たい」「わがまま」「意地悪」などと解釈したりするようになります。そう決めつけると、ますます対話が成り立たなくなり、お互いのニーズを満たし合う機会が失われてしまいます。

相手を非難する前に、いつでも、自分の感情とニーズを正直に伝えて、相手にとって無理のないリクエストをする。もちろん、自分を責めたくなったときも同様です。


感情やニーズを示す表現は無数にあります。

たとえば感情なら「不安だ」「イライラする」「怒っている」「恨んでいる」「疎外感がある」「混乱している」「悲しい」「無力だ」「妬ましい」など。

ニーズなら「愛されたい」「安全でありたい」「自由でありたい」「つながりたい」「楽しみたい」「理解されたい」「信頼したい」「触れ合いたい」など。

表現のバリエーションが増えると、自分の感情やニーズを明確にするうえできっと役に立ちます。「ＮＶＣ　感情とニーズ」などでネット検索すると、多くの人が持ちやすい感情やニーズの表現がリストになっている資料もあります。

一方、「無視された」「拒絶された」「見捨てられた」などは判断や解釈が含まれており、感情ではありません。

NVCでは、すべての感情はニーズに結びついていると考えられています。何か嫌なことや困ったことが起きたときに、いったん立ち止まって「今、私は何を感じているのか?」と自問自答し、「私が望んでいることは何かな?」とニーズを探せるようになると、対立が避けられ、自分を責めずに済み、とても楽です。仕事、パートナーシップ、子育ての場面……。いろんな場面で、この考え方は大いに役立っています。

『NVC　人と人との関係にいのちを吹き込む法　新版』(日本経済新聞社)という本もあります。興味のある方は、ぜひご参考になさってみてください。

感情の奥には
満たしたい欲求がある。
その欲求を丁寧に伝えられれば、
人間関係はうまくいく。

Work Philosophy

PART 4

WORK PHILOSOPHY

情熱を注ぐ、そしていつも自分を正しく評価する

情熱に従って行動する

YouTubeチャンネルを始めてから、私たちはさまざまなテーマを試してみました。

すると「外国人としての日本での経験を語る」「外国人に日本について語ってもらう」というテーマの動画がうまく作れて、おおぜいの方に見ていただけたので、私たちはそのテーマに絞って動画を作り続けました。チャンネル登録者数が、すごいスピードで増えていきました。

正直なところ、ここに至るまでは登録者数がまったく伸びませんでした。それでも、なぜ私が途中で挫折しなかったか。きっと情熱のままに行動していたからだと思います。

私は外国人と話すことが好きで、自作のコンテンツで人に喜んでもらうことにも関心がありました。そこには情熱がありました。私にとって、YouTubeは「情熱を注げる仕事」だったんです。

もしそうではなく、お金のためだけにやっていたなら、YouTubeのために試行錯誤すること、いろいろなアプローチをすることを途中であきらめてしまっていただろうし、うまくいかない状況にも耐えられなかっただろうと想像します。

私も大きな影響を受けた、ゲイリー・ヴェイナチャックの『ゲイリーの稼ぎ方　ソーシャルメディア時代の生き方・考え方』(フォレスト出版)という有名な本があります。私は、新卒入社した会社で、何もかもがうまくいかなかった時期に読みました。

そこには「今の時代は、SNSがあれば誰でも経営者になれる」と書いてあって、自分も会社員を辞めてSNSを通じて事業をやってみたいと想像するようになりました。

ゲイリーの両親は旧ソ連のベラルーシ出身ですが、彼が幼いころにアメリカに移住しました。そしていろんな仕事をがんばって、資金を得て、小さなワインショップを開きます。ゲイリーは幼いころからそのお店を手伝っていたそうです。

そのうち多くのお客さんが、ワインだけでなく彼に会うためにお店に来るようになって、そこで彼はオンライン配信を始めます。動画配信は当時はまだ珍しいものでしたが、その後、ゲイリーは配信で数百万ドルを稼ぐようになります。

その過程は決してスムーズではありませんでした。配信への金銭的なリターンがほとんどない状況の中でゲイリーは配信し続け、その結果、お客さんがついてくるようになったんです。

彼が配信を続けられたのは、ワインへの情熱があったから。そして迅速な結果を期待せず、「いつかうまくいく」と信じ続けていたからでした。

情熱からの行動なら
うまくいくまで続けられるから、
最終的に大きな結果に結びつく。

好きなことの見つけ方

とはいえ、「情熱を注げることなど、そんな簡単には見つからないのでは？」とおっしゃる方もいるでしょう。

転職活動をしていたときを思い返すと、私もその考えには大いに共感します。

情熱を何に注げばいいのかわからなかった私を助けてくれた本があります。ティモシー・フェリスの『「週4時間」だけ働く。』（青志社）という本です。

本では主に、働く時間を減らしたり、自由な時間を確保したりするための知恵、自動的に収入が入ってくる仕組みの作り方などについて紹介されているんですが、私はこの本のおかげで、好きなことの見つけ方を知ることができました。

本の中でティモシーは、好きなことを見つけるための「質問」を紹介しており、質問への自分の答えを何度も紙に書き出すといいと述べています。

その質問には、たとえばこんなものがありました。「あなたは世界の誰よりも10倍賢く、失敗する可能性がまったくないとしたら、何をしますか？」

「何かを手に入れたい」でも、「こんな自分になりたい」でも、「こんなことをしたい」でもなんでもいいし、どうすれば達成できるのかという点も無視してかまいません。ただし、半年～1年くらいで達成したいことを書くように本では推奨されています。

もし迷った場合は、嫌いなことや恐れていることを挙げてみて、それを反転させるといいそうです。

この質問のおかげで、私の場合、「誰かの精神的なサポートをしたい」という気づきがありました。また、前述したゲイリーの本の影響もあって、「SNSで健康的なライフスタイルについて発信したい」というアイディアも浮かびました。

自分の答えが見つかったら、今度は、その希望を叶えるために日常でできる行動を考え、実際の行動を起こしたいものです。

初めてのことに挑戦するのはとても勇気がいるし、怖いものですが、勇気が足りずになかなか一歩を踏み出せないときにも、ティモシーの本はとても参考になりました。

行動が怖いとき、動き出すのを先延ばしにしたくなるときにまずやったほうがいいこととして、ティモシーは、最悪の事態を定義せよと言っていました。そして、最悪の事態を立て直すための具体的なプロセスも想定しておけると、恐怖は消えていくそうです。

私も実際にやってみましたが、冷静になって考えてみれば、行動したことによって何か失敗したとしても、そうした失敗のほとんどは修正可能だろうなと思えるようになりました。

「それなら、行動しないことのほうがよっぽどリスクだ！」と気づくことができれば、もう行動を先延ばしにすべき理由など1つもなくなります。

そうして私が起こした行動はどんなものだったかというと、当時の私は毎日5～10キロほどのランニングをしていたので、それをInstagramで発信してみました。すると、多くの人たちからDMで「(私の発信が) モチベーションにつながっている」と言ってもらえたのはうれしかったです。

この本に出てくるティモシーの質問では、その他にも「自分が理想とする生活を叶えるためにはお金がいくら必要なのか?」というのもいい質問だと思いました。本には「経済的に安定しなければ精神的にキツくなる」と書かれていましたが、私のそれまでの人生を振り返ってみると、まさにそうでした。

自分の理想に関する質問もありました。「銀行に1億ドル(約150億円)の預金があったら、何をしたいですか?」「朝起きて『今日が楽しみだ』と思えるようなことは何ですか?」「理想的な1日のスケジュールは?」「理想的な1週間のスケジュールは?」「理想的な1か月とは?」「1年ならどう?」

こうした問いと向き合い、私は初めて「成功しなければ」という欲求から解放されて、自分の本音と向き合えました。

幸せになるためには「大きな夢」「大きな目標」を掲げなければ、達成しなければという考え方への固執から解放されて、自分が情熱を注げることにフォーカスできるようになったんです。

情熱を注ぎたいこと、
好きなことを
見つけるために
有用な「質問」がある。

人に対する恐怖が消えた瞬間

私たちのYouTubeの人気コンテンツの1つに、外国の方々へのストリートインタビューがあります。日本全国の観光地に出かけて、そこでたまたま出会った外国の人たちにインタビューをさせていただくというものです。

自分とは違う国の人と話すのが好きだからこそ企画したわけですが、とはいえ、内向的な性格で、英語にも自信がない私にとって、実はストリートインタビューはかなりの恐怖です。始めたばかりのころは言わずもがな、今でもけっこう恐怖です。

そんな私が、どうやって恐怖をコントロールして、インタビューができるようになったのかをお話ししてみます。

ストリートインタビューの第1回撮影は、渋谷でした。インタビューが始まるまで、私はブルブル震えていて、頭の中には無数の「もし〇〇だったらどうしよう？」が渦巻いていました。

「もし話しかけた人にインタビューを断られたらどうしよう？」

「もしいい質問が思い浮かばなかったらどうしよう？」

「もし会話が途切れて、気まずくなったらどうしよう？」

「相手の英語が訛《なま》っていて聞き取れなかったらどうしよう？」

「もし相手のジョークがわからなかったらどうしよう？」……


こんな状態ですので、誰かに声をかけることができないまま、時間だけが過ぎていきました。ところが突然、「もし自分がインタビューされる側であれば、どう思うだろう」という考えが浮かんだんです。単純に時間がなくてインタビューを断ることはあっても、ぎこちないインタビュアーのことを悪く思ったり、嫌な顔をしたりはしないはず。私が想像したようなことは、現実には起こらないはずです。
そういえばNVCでも、効果的で共感的なコミュニケーションの鍵は「事実や感情の率直な表現」と言われていたことを思い出しました。最初の一歩を踏み出すための小さな勇気が湧いてきて、私は思い切って「初めてなので緊張しています」と感情そのままを相手に伝えてみました。そうしてインタビューを始めてみたら、だんだん楽しくなってきました。断られることもありましたが、思ったより少なかったです。予定していた本数のインタビューをやり遂げた後には「思ったより怖くなかった」と思えました！

回数を重ね、だいぶ自信がついたとはいえ、今でも緊張はします。でも、「もし自分がインタビューされる側であれば、インタビュアーを怖がらせるような対応はしない」という視点を見つけられたおかげで、なんとか企画を続けられています。

第一歩がいちばん大変。
そこさえ乗り越えれば
楽になる。

批判的な言葉の受け止め方

YouTubeの視聴者のみなさんからは、実にいろいろな意見をいただきます。ありがたいことに、ほとんどのコメントはポジティブな内容です。しかし、何百ものコメントのうちには、ときにネガティブなコメントもあります。

チャンネルを始めたばかりのころの私は、動画の内容を改善したいという意図で、敢えて自分からアンチコメントを探していました。自分から探しているのに、いざコメントが見つかると、やはり落ち込んだり傷ついたりしました。

今は、批判的なコメントがあってもあまり気になりません。そうしたコメントを見つけたときに、それが誰からの意見なのか、なぜそういう発言をするのかということを落ち着いて考えられるようになってから、格段にダメージを受けにくくなった気がします。

たとえば動画の制作について、まったくなんの知識も経験もない人の意見はあまり当てにならないし、説得力もありません。そうしたコメントがあっても、傷ついたり自信を失ったりする必要はありません。

一方、専門知識があるエキスパートの方や、私たちと同じ活動をしている方の意見なら、参考にするようにしています。コメントの内容を真摯《しんし》に受け止めて、これまでのやり方を見直し、自分を成長させるほうがいいです。

それから、NVCを用いてアンチコメントと向き合うのも効果的でした。NVCには「対立は、満たされていないニーズから生まれる」という考え方があります。対立的な言葉の背景には、相手の「ニーズ」があるのではないかということです。

アンチコメントの場合、仮に、相手が満たそうとしているニーズが「相手がどう思うかはともかくとして、とにかく自分の意見を聞かせたい」とか「過激なことを言ってストレス発散したい」とかいったものであれば、そうしたコメントを真正面から受け止めて、傷つく必要はありません。むしろ「私のチャンネルで、誰かのストレスが発散されてよかった」「誰かのニーズを満たしてあげられてよかった」くらいに思っておけばいいんです。

誰かに批判的な意見を言うときには、私自身も表現に配慮するようにしています。自分の知見に基づいた的を射たアドバイスであれば、否定的な意見であったとしても、きっと相手は気分を害することなく受け入れられるはずです。また、その意見のベースに、独りよがりなニーズがあってはいけないのは言うまでもありません。

日常で、人から意見をもらったり、苦言を呈されたりすることは誰にでもありますよね。よろしければ参考にしてみてください。

相手がなぜ
ネガティブなことを言ったのか、
立ち止まって考えられれば
言葉に傷つかなくなる。

私たちのがんばりは「1000万円です」

日本では本当に、いいものが安く手に入ります。

素晴らしいクオリティーの商品が、びっくりするような安い値段で売られているのは、もちろん円安の影響もあるかもしれませんが、それだけではないと思います。日本を訪れる多くの外国人観光客も驚いていて、それがニュースになることもあるくらいです。

消費者としては、いいものが安く手に入るのはうれしいことです。でもその一方で、もしかしたら作っている人が自分の努力を安く捉えているのではないか……と不安になることもあります。

作り手の方の努力の価値を、買い手が正しく評価していないから、日本の商品があまりに安いのだとしたら、それはとても残念なことです。商品が売れたときに、作り手の方々が「自分の価値を認めてもらえた」「自分ががんばったことを評価してもらえた」と納得できる金額で、買い物ができればいいなと思います。

もうずいぶん前ですが、私とヨウスケで経営していた英会話教室を売却したことがありました。このとき、私たち2人の間で売却価格について意見が割れました。

ヨウスケは「他の英会話教室の価格と比較して、同等の価格にしないと売れない」と、英会話教室の市場を調べて、200〜300万円で事業を売りに出そうとしていました。

私はその話を聞いて、驚いてしまいました。授業のカリキュラムをゼロから考えて、教室のホームページやYouTubeチャンネルも工夫を凝らして、集客もがんばって、そうしてようやく軌道に乗せた事業です。教室の家賃をはじめ、それ以外にもかなりのお金を使ってきました。
かかった労力と費用を考えれば、ヨウスケが提案した価格では到底元が取れません。

もちろん市場の価格についてまったく知らないよりは、多少は把握しているほうが、交渉で役立つこともあるかもしれません。でも、ものの価値を決める根拠が市場価格だけなんて、そんなのは絶対におかしいです。

昼夜を問わず、長い時間をかけて試行錯誤して作り上げてきた、思い入れのある教室です。その思いを売却価格に反映したいと思った私は、お取引先から希望の売却額を聞かれた際に、思い切って「1000万円です」と答えました。
そこから交渉して、多少の値引きをさせていただき、結果的にその事業は800万円で売却できました。商品の価値や、自分の努力の価値について、考えさせられた出来事でした。

自分のがんばりを
自分で低く評価しては
いけないと思う。

自分の魅力に気づいてほしい

私のある友人は、とても明るい性格で、コミュニケーション能力が高くて、英語もけっこう話せます。ただ、彼女は自分の学歴に自信がなく、「私はいい大学を出ていないから、いい会社には入れない」といつも言っていました。でも、コミュニケーション能力も語学力も高いのだから、そんな自己評価は間違っています。

私はあるとき、「あなたならきっと、グローバル企業ですごい仕事ができる！」と伝えました。

そんなやりとりからしばらくして、友人は思い切って、有名な外資系企業の採用面接に挑戦しました。結果は見事、採用でした。

日本には謙虚な人が多く、「この人は自分のことを過小評価して

いるな……」と感じさせる人によく会う気がします。

たとえば「自分は英語力に自信がない。ビジネスシーンでは通用しない」とおっしゃる方がいるとします。そういう方は、日常会話はすでに「できている」のだから、外資系の企業など英語を使う環境に、思い切って飛び込めばいいのにと思います。きっと、ビジネスで活かせる英語を習得するまでに、大して時間はかからないのではないでしょうか。

謙虚な人、自分の価値をわかっていない人と会うと、おせっかいかなと思いつつも、全力でその人の価値を伝えたくなるし、その価値を活かしてほしいとすすめたくなります。

自分の強みがわからない方は、家族や友人など身近な人に聞いてみてもいいかもしれません。周りの人たちはあなたの魅力を知っているはずです。私もヨウスケと、お互いの魅力についてよく話をしています。

自分に足りないところより
強み、魅力に
目を向けるほうがいい。

My Sweet Family

PART 5

MY SWEET FAMILY

本当にやりたいことは
絶対に
後回しにしてはいけない

ずっと幸せな家庭を持ちたかった

実は私は、ずっと幸せな家庭を持ちたいと願っていました。

私の父と母は、お互いの金銭感覚の違いから、よくケンカをしていました。父は物欲がまったくなく、穴が開いた服を着ていても気にもとめない人でした。一方の母は、ひとたび泥だらけの作業着を脱げば、実はおしゃれな女性で、きれいな洋服に身を包むのが大好きという一面も持っていました。まるで価値観が違う2人は、頻繁にぶつかっていました。

また、私には姉がいますが、姉と母も相性がよくなく、ケンカが絶えませんでした。

私はみんなの話をよく聞いて、仲裁をして、まるで家庭内の外交官のような役割をしていました。

1人ずつ話を聞けば、父も母も姉も、みんな主張に一理ある。それぞれに立場があって、みんな正しいんです。私は1人ずつを落ち着かせて、主張を話させて、お互いに折り合いをつけるように促して、そうやって家庭内でのケンカを解決していました。

両親は私の交渉スキルに驚いて、「大きくなったら外交官になったほうがいい」と褒めてくれました。

外交官になりたいと思ったことはありませんが、人間関係の調和を築くことは得意だし、好きだと感じていました。1つの物事を異なる視点から見ること、異なる考え方を通して理解しようとすることは、私にとって楽しいことでした。

家庭内でのそんな原体験から、私は、異なる国の人たちを結びつなげるような仕事がしたいと思っていました。だから、今YouTubeチャンネルでやっていることは、子どものころに描いていた夢のとおりで、本当に満足しています。

私は幼いころから、ケンカなど愚かなことだと思っていたし、大嫌いでした。大人になったら、家族みんなが落ち着いて話し合えて、理解し合えて、ケンカなど起きない幸せな家庭を持ちたいと思っていました。

私が家族間の公平な関係性を築くことに力を注いでいたころ、インターネットで興味深いテクニックを見つけました。それは「10歩のルール」と呼ばれるものでした。

ルールを簡単に紹介しましょう。あなたとパートナーが、10歩の距離を置いていると想像してください。あなたもパートナーもその距離を半分、つまり5歩ずつ縮めていきます。一気に5歩進んでもいいし、少しずつ進んでもいいですが、6歩目は絶対に踏んではいけません。

お互いに5歩ずつ進んでいくと、お互いのちょうど真ん中の地点で2人は出会えます。

実家の家族関係ではみんな、10歩のルールから完全に逸脱していました。

母は姉に対してすぐに近づいていってしまい、6歩目より先を踏んでしまっていました。母は姉の人生をよりよくしようと思って、姉を手助けしたくて姉のほうへと進んでいくんです。姉はそんな母を利用し、頼り切り、自立心を失っていました。しかも、母に感謝するどころか、母の過干渉な育て方をいつも責めていました。

父と母は、お互いにいっさい歩み寄ろうとせず、相手と妥協しようという考え方をまったくできない関係性でした。なので、最終的にはどちらかが一方的に犠牲を強いられることとなります。とても不平等な関係でした。

そんな家族たちの様子が頭の中にあったので、私はヨウスケとのパートナーシップを築く際、常にこのルールを意識していました。私は少しずつ前に進みながらも、絶対に6歩目を踏まないようにしていました。

だから、私はヨウスケとの関係は、とても平等だと思っています。私たちは、お互いなしでも生きていけるほど自立しています。それと同時に、相手のために妥協したり犠牲を払ったり、お互いの成長を助け合ったりすることもできます。

それぞれに仕事を持ち、YouTubeと家事はお互いの空き時間次第で分担し、うまくいかないときは話し合って調整しています。そんな関係だからこそ、2人で英会話教室を開いたときも、うまく協力できました。

身近な人とは、
お互いに歩み寄りつつも
依存のない
自立した関係性がいい。

私は家族が大切だ

私には、いつか幸せな家庭を持ちたいという並々ならぬ思いがずっとありました。

27歳でヨウスケと結婚したとき、私たちは、「いつか子どもを迎えたいけれど、まずは自分たちを成長させなければいけないね」「経済的自由も必要だしね」「子育ての前にたくさん旅行もしたいし、自分たちの楽しみも叶えたいよね」……などと話していました。

特に日本では、子どもを育てるのにはとてもお金がかかるイメージがあり、お金の問題は切実でした。

ところが、そんな思いが一瞬で覆る衝撃の出来事が、私が28歳になった年の2月2日に起こりました。

会社に出かけようと電車に乗っていると、弟から何度も電話がかかってきます。あまりに何度も着信が入るので、おかしいなと思って電車を降り、弟が残した留守番電話のメッセージを聞くと、「お父さんが亡くなった」とのことでした。

私はパニック状態に陥ってしまいました。息すら満足にできず、体は震えっぱなしで、顔も真っ青になりました。涙があふれ、どうにも止まりません。

弟に電話を折り返して話を聞くと、実家で火事が起こって、弟と母は無事でしたが、父は亡くなってしまったということでした。

私はすぐにシベリアに向かうことにしました。私は言葉がまともに出ないような状態でしたが、勤め先になんとか電話をしました。上司は優しく対応してくれ、「大丈夫ですよ。行ってきてください」

と言ってくれました。

コロナ禍に続き、戦争まで始まってしまい、少し前のように簡単にはロシアに行けない状況でした。ロシア行きの直行便はなく、タイを経由して入国することになりました。飛行機のダブルブッキングなどのトラブルもあり、丸3日もかかって、実家近くの空港までようやく辿り着きました。


弟の電話を受けてからシベリアに戻るまでの3日間、私はずっと泣きっぱなしでした。自分の涙腺をまったくコントロールできず、あんなに泣いたことはこれまでの人生で一度もありませんでした。

シベリアに着いて、さすがに涙は止まったものの、なんだか自分に何が起きているのかわからないようなメンタルの状態でした。

そして日本に帰ってからは、会社の同僚に「どこに行ってたの？」と聞かれるだけで、また涙が流れてくるような状態でした。

突然の父の死を通して、「人の一生って、こんなにあっけなく終わるんだ」と私は衝撃を受けました。

私にとって、家族がどれだけ大切なのかということにも気づきました。

私も、愛する人たちも、いずれは全員が亡くなります。人生で後悔しないためにも、やりたいことを後回しにしていてはいけない、そんな人生に意味はないと思いました。

子どもを産みたいと思ってはいましたが、「まず自分の人生を楽しみたい」という気持ちも強くて、なかなか決心をつけられずにいました。でも、自分の楽しみなんかより、両親が生きているうちに孫を見せてあげればよかったです。

父とのコミュニケーションを大切にしなかったことを、私はとても後悔しています。おそらく、私の人生において唯一の後悔です。

父に自分の気持ちを伝えるべきだったのに、そうしなかったことを悔やんでいます。

今でも、「お父さんのことを愛している」と一度でも伝えられたらよかったなと思います。父が私や弟の存在を誇りに思い、幸せを感じてくれていたのは、想像に難くありません。それでも、父の人生をさらに明るくするために、もっと頻繁に話したり、近況を共有したりしておけばよかったと心の底から思っています。

父は「家事と育児は女の仕事」と考えていて愛情表現もあまりなかったし、かなり厳しかったです。けっして完璧な父ではありませんでした。でも振り返れば、きっと父なりに最善を尽くしていたんです。今から思うと、そんな父と、子どもに大きな愛情を注ぐ母と、2人はバランスのいい両親でした。


私の人生において「家族を大切にする」ということは最重要事項で、けっして後回しにしてはいけないことでした。早く幸せな家庭を築きたい、早く子どもを迎えたい、と強く思うようになりました。

人の命は儚《はかな》く、
やりたいことを
後回しにするような人生には
意味がない。

メイちゃんのお迎え

父の葬儀から戻ってしばらく経って、私のメンタルも落ち着いてきたころだったでしょうか。私とヨウスケは、子どもについて再び真剣に話し合いました。

そのときの私は28歳。私のほうは出産、育児にちょうどよいと言えそうなタイミングです。一方、ヨウスケはまだ24歳。彼にとっては「まずは育児より、キャリアを築きたい」と考えても仕方ない年齢でした。

実は私自身も、新しい職場に転職したばかりでした。ヨウスケも私も仕事が充実していて、もっと仕事で活躍したいと思っていて、とても落ち着いた状況とは言えませんでした。でも、「今、子どもを迎えたい」という視点で考えてみたら、子どもがいるからといって、キャリアが断たれるわけではない気がしてきました。

また私たちが人生でやってみたいと思っているたいていのことは、子どもと一緒でも経験できることだとも気がつきました。それまで「子どもが生まれる前に、やりたいことはやっておかないと」と言っていたのはなんだったのだろうと思いました。

経済的自由だって、子どもを育てる前に達成しなくても、子育てしながら目指していけばいいことです。

そんないろんな話し合いの末、私たちはようやく、子どもを持つ決心ができました。

そうして生まれたのが、娘のメイちゃんです。メイちゃんは電車も止まるほどの大雪の日に生まれました。2人家族が3人家族になったという現実に慣れるまで、私は少し時間がかかりました。

メイちゃんが生まれて間もなく、母もシベリアから手伝いにきてくれました。

赤ちゃんゾウは、生まれてすぐに立つことができます。でも人間の赤ちゃんは、歩き始めるまでに1年もかかります。

生まれたての人間の赤ちゃんは、他の動物の赤ちゃんよりもかなり未発達だそうです。ほとんど動けないし、目も未熟で、物の形や色もハッキリとは認識できないと教わりました。実際、家に来たばかりのころのメイちゃんは、目の焦点が合っていないようでした。

そんな状態からスタートして、この世の中についてゼロから学んでいるメイちゃんの姿を見ていると、本当に不思議だし、大きな喜びを感じます。

メイちゃんは徐々にいろんな動きができるようになり、一点に集中して物を見られるようになって、今も毎日すごいスピードで成長し続けています。

この世の中について
ゼロから学んでいる
赤ちゃんの姿に
不思議と、大きな喜びを感じた。

たくさんのうれしい変化

昔はよく、人生の意味とはなんだろうと考えていました。また、「これからの人生、どうしようか」「どこかへ引っ越そうか」「仕事を変えようか」など、いろんなことに迷っていました。

ところがメイちゃんとの生活が始まってから、大事なことと大事でないこととの取捨選択がすんなりできるようになりました。何かを迷うことが、圧倒的に少なくなったんです。

のんびり迷っていられるほどの、時間の余裕がなくなったせいかもしれませんが……。

今は本当に大事なことしか選ばないですし、迷いがなくなったおかげで、メンタルもだいたいいつも安定しています。仮に、一時的に気持ちが落ち込んだとしても、メイちゃんの笑顔を見れば気持ちはすぐに明るくなります。

以前は興味がなかったこと、やってこなかったことが、メイちゃんが生まれてから不思議と気になるようになりました。

たとえば、ベランダに庭を作ったり、ピアノを弾いたり、歌を歌ったり、ダンスをしたりするようになりました。

ダンス自体は昔から好きでしたが、1人で踊ってそこまで盛り上がることはありませんでした。でもメイちゃんが喜んでくれるから、今は毎朝、1人で盛り上がります（笑）。

子どもは、目の前にいる人が自分に本気で向き合っているかどうかを瞬時に察知しているような気がします。だから、まったく手が抜けません。

子どもの目はごまかせない。メイちゃんと過ごすときの私は、表情も動きも、全部本気で表現します。

人に対して本気で接するのは、エネルギーは必要ですが、気持ちいい習慣だと思います。


子どもがいると、人との交流が自然と増えていることに、最近気がつきました。

たとえば疎遠になっていた友人たちは、私に子どもが生まれたと知って、「赤ちゃんを見に行きたい！」と会いに来てくれました。

子どもを連れて外出すると、必ず誰かに声をかけられます。私は今まで、日本人は知らない人にはあまり声をかけないと思っていました。でも、メイちゃんと歩いていると、いろんな人から頻繁に声をかけられます。特に、ご近所のおじいちゃん、おばあちゃんなどは、声をかけてくれるだけでなく、メイちゃんと一緒に遊んでくれることもあります。とてもうれしいことです。

内側の変化、行動の変化、
人とのつながりの変化……。
子どものおかげで
たくさんのうれしい変化が
もたらされている。

我が家の家事と育児

男性は外で働いて、女性は家で子育てや家事をして……という時代が長かった日本ですが、今はもっと自由に、2人の役割を分担している家庭が増えているようです。

私とヨウスケも、私たちにとってやりやすいスタイルで、家事と育児を分担していると思います。

うちでは主にヨウスケが家事をしてくれています。あるとき、自分が家事をあまりにやっていないことが気になって、「私、本当に全然家事をやっていないよね？　さすがによくないよね？」とヨウスケに聞いてみたことがありました。

するとヨウスケの返事は、「そう？　でも、家事が得意なほうがやればいいんじゃない？　僕はメイちゃんをずっと見ているほうが大変だと思うし」というものでした。

かといって、家事は全部ヨウスケ、育児は全部私、ということでもありません。「そのとき自分にできることをやる」「時間が合うほうがやる」「元気があるほうがやる」みたいな形で、なんとなくお互いに助け合っているような感じでしょうか。もしそれでうまく回らないときには、相手に相談して調整します。

そんなわけで、私はメイちゃん担当の時間が長いですが、赤ちゃんはこちらの思ったとおりには寝ないし、食べないし、暴れたり叫んだりといったこともしょっちゅうです。

赤ちゃんが泣きやまないのは、欲求が満たされないからというだけでなく、たくさん成長するためにいつもホルモンが分泌されていて、それで感情的になるのだと聞いたことがあります。成長ホルモンのせいなら、赤ちゃんが泣いているからといって、こちらまでイライラしても仕方ありません。

それでもイライラしてしまうときは、「今イライラしているな」「イライラするのは睡眠不足のせいだから、今夜は早く布団に入ろう」「肩がこっているからイライラするのかな。マッサージボールでほぐそう」などと自分の状態を観察するようにしています。

私が思うに、人は過去の記憶をけっこう美化するものです。もし今つらいと感じていても、時間が経ったら、その気持ちを意外と忘れてしまっていたり、「あのときはなんだか、がんばっていたな」と捉えていたりするのではないかな、と未来を想像しています。「赤ちゃんが泣きやまないのも、ついイライラしてしまうのも、ずっと続くことじゃない。まぁ大丈夫でしょ」と考えれば、気持ちはかなり楽になります。

今は大変でも、
未来ではきっと
「なんだか、がんばっていたな」
と記憶を美化しているはず。

シンプルな幸せを見出だす生き方

赤ちゃんは、日常の中から幸せを見出だすのがうまいな……と最近気がつきました。メイちゃんは今、金属の表面を爪で引っ掻いて、その音を楽しむのが大好きです。私やヨウスケにとっては耐え難い音ですが、メイちゃんにとってはお気に入りで、大いに幸せな時間のようです。

メイちゃんは、ゴミ箱からゴミを取り出すことも好きです。気がつくと、ゴミ箱を抱えて夢中になって遊んでいます。私たちが止めるまで、満面の笑みを浮かべて楽しんでいます。

最近では、ベビーカーを押すという難しい作業にもはまっているようです。

メイちゃんを見ていて、ふと「人には、どんなことも好きになれるキャパシティーがあるのだろうな」と思いました。

私の大好きなヨガの先生も、よく「誰でも、どんなことでも好きになれる」と言っています。ヨガの教えだそうです。

以前の私は「そうは言われても、好きなものは好きだし、嫌いなものは嫌い」と考えていました。それがメイちゃんのおかげか、「なんでも好きになる」キャパが自分にもある気がしてきたんです。

歳を重ねるとともに、昔は楽しかったことがいつの間にか楽しくなくなったり、日常の身近な世界の中にシンプルな幸せや楽しみを見つけることが苦手になったりすることがあると聞きます。

そういった部分は、私にもあったかもしれません。「楽しもうにも、時間も体力も足りないから」「どうせ結果はわかりきっているから」などと言い訳をして、幸せや楽しみを見出だそうとしない自分を正当化していないか、今の自分の姿勢を振り返りたくなりました。

忙しいとか疲れているとか
そんな言い訳をして、
幸せや楽しみを
拒むような生き方は
したくない。

赤ちゃんのような、
日常の中のどんなことも
好きになったり
楽しんだりできる姿勢を、
私もずっと大切にしていきたい。

おわりに

今この原稿を書いている時点で、メイちゃんは10か月です。

まだあれこれ考えるには早いかもしれませんが、今の私にとって楽しみであり悩みでもあるのは、メイちゃんがどんな言葉を使って生きていくのかということ。

日本語、ロシア語、できれば英語も、ネイティブのように話せるようになってほしいと願っていて、だから私はメイちゃんと過ごす時間の大半は、ロシア語で話しかけるようにしています。

ただ、そんな細かいことを気にしなくてもいいのかもしれないな、とも思っています。

私がこれまでの人生でやってきたことを、必要に応じて伝えてあげられれば、それが母としてしてあげられるいちばん大切なことかもしれません。

「幸せ」と「成功」はイコールではないということ。他者との接し方について。そして、本当にやりたいことは後回しにしてはいけないということ……。そのほかにもたくさんのことを、この本の中でお話ししてきました。適切なタイミングで、いつかメイちゃんにも伝えられるといいなと思っています。

また、この先もメイちゃんの姿から、私もいろんなことを気づかせてもらえそうです。

最後になりましたが、ヨウスケ、メイちゃん、シベリアの母、これまでの私の人生で出会ってきた人たちに深く感謝いたします。そしてこの本を手に取り、最後まで私の話にお付き合いくださったみなさんも、本当にありがとうございました。

著者

ティナ

シベリアで生まれ育つ。
幼いころにアニメやアイドルから
日本に興味を持ち、
将来は日本で暮らすと決意。
紆余曲折の末に早稲田大学に入学し、
大学卒業後は日本の企業に勤めるも、
そこには想像していなかった
困難な日々が待っていた。
苦しい日々の中で
幸せな生き方について考えることに。
さまざまな経験、出会い、思考を経て、
現在は会社員、動画クリエイター、
一児の母として幸せに過ごしている。

YouTube
カチョックTV・ティナちゃんねる
@tina_kachoktv

Instagram
@kachoktv

X
@kachoktv

シベリアで育《そだ》って日本《にほん》で12年《ねん》暮《く》らす私《わたし》が見《み》つけた
人《じん》生《せい》を幸《しあわ》せで満《み》たす36のこと

2025年4月22日　初版発行

著　ティナ

発行者　山下 直久

発行　株式会社KADOKAWA
〒102-8177　東京都千代田区富士見2-13-3
電話　0570-002-301(ナビダイヤル)

印刷所　TOPPANクロレ株式会社

製本所　TOPPANクロレ株式会社

●お問い合わせ
https://www.kadokawa.co.jp/(「お問い合わせ」へお進みください)
※内容によっては、お答えできない場合があります。
※サポートは日本国内のみとさせていただきます。
※Japanese text only

定価はカバーに表示してあります。

ISBN 978-4-04-607518-5　C0095